U0055243

站起來跳舞

葉天祥
——著

目次

一、說好的那些美好 005
二、不在預期的未來 027
三、繽紛多彩的華士轉 047
四、微積分一點都不難 074
五、關渡在往淡水的路上 095
六、一支舞兩種旋律 119
七、畢業不是再見的季節 141
八、重新回來的熟悉舞步 180
後記之一 203
後記之二 205

一、說好的那些美好

佩珊和我是青梅竹馬。

我們之間的感情從一九七四年升上小學四年級開始。而熟識的過程很奇特，居然是因為逃課。我有我的理由，但她沒有。

我記得很清楚，那天是課外活動要選課。

我選了空手道。但是上課之前突然感到肚子不舒服而去上廁所。等我出來時，上課的鐘聲早已響過。我趕緊往操場旁邊的空手道上課地點跑過去。

空手道老師是一個很凶的體育老師，我曾經看過他在訓練田徑隊時罵人的模樣。而我很可能是最後一個報到，絕對不想惹他生氣。

「老師。」我走到老師身後，怯生生地出了聲。

原本面向大家正在點名的老師，回過頭來，冷冷地看著我：「你怎麼現在才來。」

老師一句話就讓我渾身不自在，聲音越發小聲。

「我……剛剛肚子痛，跑去上廁所。」

「這麼巧，要上課就肚子痛。」「是不是玩到不知道回來上課，現在才想起來。」

同學裡有人偷偷笑了，我感到我的臉熱烘烘的，不知道該說什麼。

「你太晚報到，空手道額滿了。」「你下一個志願是什麼？」

我還是怯生生的：「排球。」

「那你去找排球隊。」老師講完就回過頭去，當成我已經消失。

我也只能自動消失，立刻轉身離開。可是剛剛走進操場時，我就看到另一邊，排球老師已經帶著學生開始跑操場。我該怎麼辦？

我是那種老師不疼不愛、調皮搗蛋、成績又差的學生。每次月考排名，頂多是在三四十名徘徊。已經四年級了，全世界只剩下媽媽對我還有信心。她常說，我很聰明，只是不專心而已，哪一天開竅了，就會進步很快。

我鼓不起勇氣過去找老師，等排球班同學跑過第二圈後，不敢去上課了，只好默默離開。但能躲到哪裡去呢？我想到學校圍牆邊的防空洞。

那個防空洞已經沒有任何作用，上面長滿草，裏頭塞著壞掉的課桌椅，但它面向圍牆那一面，在一棵大樹掩護下，落葉和草叢隔出校園中最陰暗沉靜的角落。

當我來到這裡，在沒有人聞問的地方，終於感到一絲自在。我安頓好自己，打算躲到下課，但下次怎麼解決，我還沒有想法。

就在這時候，突然有個女生也走了進來。我嚇了一大跳。

「咦，你不是我們班的嗎？怎麼會在這裡？」她先出聲。

「我……」一緊張我就講不出話，也解釋不來。於是，我反問：「妳為什麼也來這裡？」

她是轉學生，上週才來到我們班。因為這幾天放學排路隊時，跟我同一隊，所以我認得，她叫江佩珊。

江佩珊手裡拿著一本書，沒有絲毫緊張的神色，從我的左前方慢步走到我的右後方，才轉過身來回我：「因為我不想去上課啊。」

這回答給我很大的震撼，從來沒有想過有人會用這理由不去上課。如果是個壞學生也罷，但是江佩珊，我記得老師在介紹她時說過，她爸爸是另一個學校的校長。在我眼裡，她是那種有點特權，鐵定會受到老師特別照顧的學生，怎麼會不想上課。我驚訝到快說不出話。

遲疑了一下我才繼續問：「妳上什麼課？老師不會點名嗎？」

「樂團。」江佩珊很快地回答我：「我是轉學生，老師不會注意到我的啦。」「而且第一堂課不會有什麼進度，上不上都沒有關係。」

江佩珊居然笑了，而且笑得很有自信。她留長髮，腦後綁著辮子。看著我時，眼睛晶亮，那雙眼睛好像在跟我說，這一切都在她的算計當中。如果把學生分兩種，怕老師的和不怕老師的，她顯然和我不同國。

「那你為什麼沒去上課？」

我鎮定下來，簡單把剛剛發生的事講了一遍。她聽完後沒說什麼，既不關心，也不在乎，只是微微點頭，好似理解之後，就走到旁邊一塊稍微隆起的草地，整理一下後坐下來，打開書就自顧自的看了起來。

「妳看什麼書？」我好奇的問。

她從書面上抬起頭來：「金銀島。你有聽過嗎？」

我連課本都看不完，怎麼會花時間在課外書上。

「沒有。」

「這書很有趣的，講尋寶圖和海盜的故事。」

她講完後就繼續低頭看書，我則百無聊賴的在旁邊走來走去。她大概覺得我有點礙眼，幾分鐘後又抬起頭來。

「你想聽聽這故事嗎？」

我停下腳步，反正也沒有其他事可做：「好啊。」

我沒有坐下，保持著原來的姿勢，站著聽江佩珊講故事，直到下課鐘響。她講得很起勁，有時候還帶著手腳動作和笑聲。從來沒有人這樣講故事給我聽過，江佩珊是第一個，我覺得故事很有趣，她也很有趣。

那天放學排路隊回家，我們沒有像之前那樣，走到老師看不到的距離就散開。我和佩珊邊走邊聊天，一直到模範新村她家巷口才分開。我則繼續往下走，繞過大坑溪，回到互助新村。那一天開始，我們成為好朋友。

我很快發覺佩珊是個好學生。每次考試排名要發獎品，總會唸到她的名字。而且她也是音樂老師的小助手，有時候上課，老師會要她上台彈一小段樂曲。然而上體育課時，如果要打躲避球或長距離跑步，老師會特別叫她到旁邊休息。放學回家時，我問她為什麼有這樣的特權。她回說，她剛出生不久，好像有天生心臟問題，開過刀。所以，她媽媽會特別跟導師和體育老師說，不能讓她過度勞累。

「其實我一點問題都沒有，健康得很。」「但老師要我休息，我還是乖乖休息，反正我也不喜歡那樣跑來跑去。」她還是那麼有自信地笑著說。

佩珊的成績好，大家都瞭解。爸爸是校長，媽媽是老師，從小學鋼琴，怎麼可能不是好學生。但是她跟我很要好，這就不大容易理解。通常好學生只應該跟好學生來往才對。

也許是她剛轉學過來，還沒有什麼朋友，而我剛好跟她住得近，每天要一起排路隊回家。但我們路隊裡有住民權路的傅家義、住台中港路的蔡俊賢，她都沒跟他們那麼好，我就解釋不來。

四年級下學期時，同一個路隊也住在附近的林良吉辦了一場慶生會，邀請他比較熟悉的幾個同學參加，我和佩珊都有受邀。那天晚上總共到了六個男生和兩個女生，地點就在林同學的家裡。

他家是一棟兩層樓建築，外面有圍牆，裏頭有一個小魚池和花園。我們放學到了之後先在客廳玩，他有些國外帶回來的新奇玩具，像迷你的保齡球遊戲機，其他人都是第一次見到。

到了晚餐時間，我們改到餐廳吃他媽媽準備的西式自助餐。餐後還唱生日快樂歌，切蛋糕，真的是一個非常熱鬧又新奇的慶生會。但這卻不是當天最有趣的。

當我們連蛋糕也吃完後，躺在客廳沙發上聊天，林良吉突然問我們，有沒有興趣看他去年去美國加州迪士尼玩時拍的幻燈片，所有人都開心地回，好啊。

我們全部上樓到一間很大的臥室。林良吉架起幻燈機，把燈關掉，用牆壁當螢幕，放起一張張的幻燈片。只有他去過迪士尼，其他人只能用羨慕的眼光去抓牆上的卡通人物和有趣的園景。

當幻燈片播放來到「鬼屋（Haunted House）」時，氣氛變得有點恐怖。有男生偷偷在女生的耳邊吹氣、拉頭髮，把兩個女生嚇一跳。結果很快的演變成枕頭戰，起初是幾個男生毫不留情地互K，但對於女生還不好意思下重手。我不知道哪裡來的膽子，走到佩珊的身後，拿著枕頭輕輕的朝她頭的側邊打下去。

被偷襲的佩珊轉頭不可置信地看著我，眼睛睜得斗大，但是沒有一丁點痛苦表情，反而是帶著大大的笑容。

「什麼，莊智凱你居然敢打我，你不想活了你。」

然後，她拿著枕頭對我猛捶，我則被追著，整個臥室上上下下四處竄躲。直到她手中的枕頭開花，棉絮像雪花一樣飄了出來。

那是非常快樂的一個晚上，我甚至是比壽星還快樂。

在那時候我終於明白，並不是佩珊多麼喜歡我，而是從一開始我就愛黏著她。我喜歡佩珊，我喜歡她唸金銀島的故事給我聽，更喜歡被她拿著枕頭追著跑。

慶生會結束之後，同學們陸續離開。有些人自己回家，但佩珊是爸爸來接的。那是我第一次看到江爸爸。

透過客廳的落地窗，我看到站在魚池旁邊，瘦瘦高高一臉嚴肅的江爸爸與林良吉的媽媽在交談。而佩珊收起玩心，順服的靜站在一旁等待。等江爸爸跟林媽媽頷首道謝之後，他們父女倆轉身離開，佩珊揮手跟我們道別，笑容才重新回到她臉上。

佩珊應該是有點敬畏她的爸爸的。但誰不會呢？她爸爸對她的要求一定很多，要練琴、要讀書、要守規矩，她究竟是校長的女兒。突然間我心想，如果江爸爸知道我跟佩珊很好，他會如何來看待我。他會不會阻止他女兒跟一個成績差很多的男生來往。我有點害怕，害怕這樣的一個事實。

那個晚上之後，我下定決心要好好努力，至少不要讓自己的成績跟佩珊差太多。

上了五年級，我比較努力念書，雖然考不到前幾名，但至少是從三四十名進步到一二十名。終於，我們畢業了。佩珊拿到市長獎，全班第一名。我沒有拿到任何獎，班排是十四。

佩珊的爸爸送她去讀曉明女中，那學校有音樂班，適合佩珊的發展。我的成績雖然差一點，但是衛道中學的教務處剛好有爸爸要好的同鄉願意幫忙，我就靠著這麼一點關係進了衛道中學。要進學校之前，聽別人說，衛道是純男生，規定要住校，有外國修士神父擔任舍監，是管理十分嚴格的學校。但我想到要追上佩珊的成績，到一個私立男校專心念書，也許是個好主意。更何況衛道和曉明距離不遠。

在宿舍生活中，有時候晚餐之後，晚自習之前，我會到位於校園西北角，模樣像鴿子蹲坐的教堂附近散步。從那裏，越過圍牆外的稻田，遠遠的就看得到曉明的校舍，佩珊念書的地方。雖然近在咫尺，但彷如千里之隔，初中三年，我們完全沒再見面，只有靠著書信和聖誕卡片偶而交換訊息，保持聯絡。

想要追上佩珊這樣的目標在前面，我變得很有毅力。媽媽小時侯對我的看法是對的。我的成績慢慢進步，等到要從衛道畢業時，已經穩穩站上班上的第一名。

高中聯考，我毫無意外的考上台中一中，佩珊則上了台中女中。

我們應該有機會再見面，我想。

我的成績雖然進步，但是本質並沒有太多改變，仍然是當年那個不會主動、不懂得討好、甚至是還有點木訥的男生。所以，我只是想著，盼望再重聚，但沒有採取任何實際的行動。

結果還是佩珊先跟我聯絡。

她寫了一封信跟我說，她們班上討論要辦一次郊遊活動，想和他校的男生合辦，她想到有我這層關係，問我能不能幫忙？我們約好了，要電話溝通。

到了約好的時間，她真的撥電話過來。我接了電話。

「我們好久不見。」她說。

「是啊，整整國中三年。」我回。

「不知道你現在變成什麼樣子啦。」

「就留著小平頭，穿著卡其服啊，很挫的高中生樣子。」

「呵呵，一定很好玩。」前面幾句還像客氣的寒暄，但她笑了，開始嘲笑變成高中生的我，那就表示她沒有變，她仍然是我所熟悉的那個佩珊。我很高興。

「也許下次碰面時，可以看看彼此有沒有什麼不一樣。」我說。

「有啊，機會來了，如果你幫忙我的話。」佩珊繼續說。

「事情是這樣的，這學期我莫名其妙被選為班長。」

「應該是老師偏心、同學愛戴的關係。」我回。

「喔，你不一樣囉，現在比較會說笑。」電話上我們兩個都笑了。

「好啦，讓你笑，但我還是得把我班長的工作完成。」

「上週週會我們班上討論，想辦一次郊遊活動，但懶得自己來，想找人幫我們辦，你能夠幫我嗎？你們學校我只跟你有聯繫。」

「妳是說妳們班和我們班一起辦郊遊活動嗎？這有什麼問題。」可以和佩珊一起辦活動，我答應得很爽快。

然後，我們在電話中討論了一下細節，包括日期、地點、如何進行。佩珊已經有個基本想法，我只要添枝加葉擴展成計畫來做就可以。她可能覺得麻煩，但我覺得不難。究竟我是個充滿精力的高中生，每天騎著腳踏車往返學校和住家，除了念書之外，還想做點什麼別的。而一次聯誼活動剛好可以滿足我的欲望。

「太棒了，如果你幫我辦了這個活動，我請你看電影。」佩珊說。

有這麼好的事，舉手之勞還附加一場電影，我當然很大方地說：「包在我身上。」

於是，我跟學校社團借了油墨機，自己刻鋼板，印了四十份的邀請單。我以我們班名義去邀請佩珊她們班的同學來參加。印好後，我寄了一半給佩珊，由她去說服她的同學，我則負責在自己的班級裡鼓吹。

過程進行得很順利，幾天後兩邊都有十多個同學報名。

我們要去的地方是埔里的龍鳳瀑布。在台中火車站集合搭公路局先到埔里，吃過飯後再搭車到龍鳳瀑布。那裡並不是一個很熱門的觀光景點，但是幽靜清涼，很適合郊遊踏青。然而對我而言，最重要的還是可以藉此機會和佩珊重聚。

沒想到要出發的前一天，中部地區下雨，說大不大，說小不小，讓我整天都很掙扎，是不是要取消活動。然而，取消也很麻煩，既然答應佩珊，總不能半途而廢。晚上透過電話討論做成決定，如果明天一早下雨，那就取消。

結果第二天起床一看，下雨，下小雨。沒想到活動辦不成，我期盼的重聚還要再往後延。我心涼了，為了這種雨取消，也是無可奈何之事，只好以後再說，我倒頭繼續睡。

大約過了集合時間五分鐘，家裡的電話響了。我接起來一聽，居然是佩珊。

「你怎麼沒來？」她冷冷地說。

我一聽，驚訝的快說不出話：「不是說好，下雨就取消嗎？」

「剛剛下雨，現在雨停啦，而且大家也都到了。結果，主辦人沒到。」真糟糕，老天爺存心整我，昨天讓我擔心一天，今天再捶我一拳，而且是在佩珊的面前。

「那我該怎麼辦？不能取消嗎？」我說，完全沒有了主意。

「該怎麼辦？給你五分鐘，你現在給我過來。」佩珊堅定地回我。

我只好刷牙洗臉穿衣，搭了計程車衝過去，還是整整遲到了半小時。沒想到我和佩珊隔了三年再見面，是以我的大遲到來登場。但佩珊看到我時，一點生氣的模樣都沒有，淡白的臉上堆滿了笑意。

「吼，你終於到了。」

她的身體抽高，但長髮剪短了。穿著深紅的長褲和上面有個紅領結的白襯衫，外面再套一件與褲子同色的薄外套，看樣子是特意打扮過。她已經是個亭亭玉立的青少女。我心裡想著，她真是漂亮，昨天在防空洞前念故事給我聽的那個女孩已經長大了。

「好久不見。」我有點興奮。

「是啊，好久不見。」她馬上轉換語調：「再來要怎麼做？」

「什麼怎麼做？」只想跟她聊天，我幾乎把郊遊這件事給忘掉。這時我才注意到周圍有一群人。「噢，妳是說今天的活動。」

「不然咧。」佩珊露出疑惑而可愛的表情，瞪大眼睛看著我。

我趕緊回過神來，先處理今天的活動。現場到了八個男生和八個女生，不是原先登記的人數，顯然有些人因為早晨的那場雨而沒來。不過，這些人數還是可以讓活動照舊舉行。我問了一下大家的意見，沒有人反對。所以，我們買了車票，往埔里出發。

這一路上，佩珊要照顧她的同學，而我要應付我的，所以我們交談的機會並不多。直到從龍鳳瀑布出來的回程，我們終於有了機會講話。一開始她還是取笑今天最晚到的主辦人，我是無所謂。然後她開始說起她在曉明女中蒼白的三年生活，每天不是練琴，就是讀書。現在終於來到女中，她感覺鬆了一口氣。我問她為什麼，在女中她還是得繼續練琴和讀書啊。

「笨蛋，至少多了你可以陪我啊。」她很俏皮的回我。

聽到這句話，我的心暖洋洋的。想到過去三年，努力窩在宿舍念書，終於成績變好了，而且能夠以新的面貌和佩珊相見，雖然很辛苦，一切都是值得的。

今天的活動很成功，卻不是我最在意的。我所在意的是，經過三年的分離，佩珊回來了，而我們的感情仍然跟過去一樣好。

幾週後我們就約了一起去看電影。電影是佩珊挑的，馬龍白蘭度主演，第三度在台灣上演的「櫻花戀」。過去三年我一直是住在衛道的校舍裡，考試成績是進步了，但其他卻是一片空白，包括古典音樂和電影。但我身邊的她顯然不一樣，不但繼續往演奏家的目標邁進，對電影之類的藝術活動也有更深的投入。我有點擔心是不是又落後了，必須再努力一點才能跟上佩珊的步伐。

電影中有幾段提到異國戀愛的辛苦是很感人的，連我也被感動。但佩珊不只是感動而已，我注意到她眼角淚意已經止不住，很需要別人的救援。所以，我在黑暗中伸手過去輕撫她的手背，提醒她有我在旁邊陪伴。佩珊彷彿意會，一陣子後突然翻轉手掌，跟我的手五指緊緊扣在一起。

我立刻感受到掌心所傳過來的暖意，這就是戀愛了，我心想。

以前那麼長一段時間，只是喜歡、關心、思念，但這一刻開始一切都不一樣。我們成為男女朋友。

在電影的黑暗中，我們的手一直緊握著，直到電影結束，燈光重新亮起。我們放開手，而佩珊臉上已經完全沒有淚痕，甚至比之前更顯得光彩亮麗。

「妳好像很容易被感動喔。」我說她。

「我看電影很容易入戲，會跟著主角的心情上下起伏。」

「妳感情比較豐富。」我的結論。

「意思是你比較遲鈍，是不是？」兩個人都笑了起來。

「對，我比較遲鈍。」

佩珊笑我遲到，說我遲鈍，我完全不在意。只要她在我身邊，我就感到安心又愉快。她總能有自信地往前走，不論在什麼情況下，而我只要腳步跟上就好。

「陪我去書店，好嗎？就在中正路上。」她說。她要去買琴譜。

「當然沒有問題。」我回。

我們跟著散場的人群離開，走到明亮的世界後，朝中正路的方向走去。大約七八分鐘的路程，就到了那家音樂書店。佩珊很快地找到她所要的琴譜。

「妳都彈些什麼？」我好奇的問。

她打開琴譜，讓我看了一下。我連標題都看不懂，更何況是那些雜亂的音符。

「天呀，真的是很艱深的琴譜，對我來說簡直是無字天書。」這不是流行歌曲，是精緻深奧的古典樂。

「沒有關係，只要聽就好了。彈是我在彈啊。」

「就怕我連聽都不行，還不懂得欣賞古典樂。」

「不會的。」佩珊看著我，想了一下，也許連她自己都不是那麼確定。突然間她腦海好像生出個點子。

「你知道，練琴是很沉悶無聊的一件事，有時候為了娛樂自己，我會這樣做。」「因為我主修是鋼琴，副修是小提琴。我會找一首喜歡的小品，先彈鋼琴把它錄下來，再放出來，搭配我自己拉的小提琴。好像兩個樂器在對話，享受自己對自己彈情歌。」

「我的演奏還不夠到位，不能夠錄給你聽。不過，我可以找一首我常這麼做的曲子出來，你可以當成是我在演奏。」

佩珊帶我到書店中陳列音樂錄音帶的專櫃，從中找到一支卡帶，指著其中的一首跟我說：「這是我最喜歡的曲子，是一首小品，義大利作曲家Toselli的嘆息小夜曲，你絕對聽得懂，應該會喜歡。」

佩珊把琴譜和卡帶一起拿去結帳，把卡帶送給了我。我回去之後，就拆開來聽，而且立刻就愛上這首小夜曲。日後我聽了無限多次。在我的想像中，兩個佩珊，一個彈鋼琴，一個拉小提琴。也許我們不能經常見面，但從此至少有這首曲子陪著我。

郊遊和電影之後，我和佩珊的生活就沒有了交集。不過，我們還有另一個碰面的機會。她每天放學是騎腳踏車走民生路回家的，我則是沿著三民路再轉民權路。如果我願意繞遠一點，也可以後半段改走民生路，那麼我們就有機會碰面。

但是，她這樣說：「我們最重要的還是念書，對吧。」

佩珊總有自己的看法，條理清楚，而我也認同。所以放學後我都會留在圖書館讀書，很晚才離開，不會在她放學的路上等她。只有大考剛過，或者有什麼事值得慶祝，才會提早回家。

「我們努力一點，一起考到台北的大學去。到那裏，我們就自由了。」她說。這是我們的共同目標。我沒有因為我有了女朋友而喪失理智，所以我們努力念書，很少見面。

高二下暑假前最後一次考試結束後，我因為心情輕鬆而提早回家。當我繞道到民生路，果真在路上遇到好久不見的佩珊。我們遠遠地打招呼，相視而笑，然後一路並騎。經過五權路，穿進兩邊都是稻田的農業改良場。那天有讓人捨不得放下的美麗風景和愉悅心境。所以，我們在農業改良場附近停了車，攜手到田間散步。此時稻苗已經長高，在微風中翻動有如綠色的波浪，而時間接近黃昏，火紅的夕陽張揚在鄰近的大肚山上。我們肩並肩望著，讓如詩如畫的美景沁染了我們的心情。於是在一種浪漫的情緒驅使下，我鬆開原來牽著的手，伸過去摟著佩珊的肩膀。佩珊沒有閃避之意，於是我再進一步，把她拉到懷裡，吻了她的臉頰。

她轉過身來，正面看著我，帶著溫柔的笑跟我說：「我還在想，你究竟甚麼時候才要親我哩，終於囉。」

我怎麼能不喜歡這個女生呢，她可以看透我的心，什麼也瞞不住。於是，我把她再攬緊一點，嘴唇也跟著貼上她薄薄軟軟的嘴唇。我看著佩珊合上眼，我們一起陶醉在兩情相悅之中。

雖然，我們的關係又進了一步，不過為了共同的目標，我懂得節制，沒有讓這種情境經常發生。

有幾次時間晚了，沒有遇見佩珊，我就騎車到她家巷口等待。等到聽到她家傳過來叮叮噹噹的練琴聲，靜聽一陣子後才心滿意足的離開。當我想念她時，即使沒有碰面，我也知道到哪裡去尋找我所鍾愛的聲音。

終於，等到聯考考完，一切都非常順利，佩珊和我如願考上台北的大學，而且兩所大學靠得很近。一個美好的未來正在台北等著我們。

在我上成功嶺受訓之前，佩珊打了電話給我，要慶祝我們的升學成功，邀請我到她家吃飯，她要親自下廚。

「妳爸爸媽媽知道我要去妳家，不在意嗎？」我對她同在教育界的爸媽還是有些難以言喻的敬畏。

「你在說笑啊，你上的那所大學，給了你通行證，現在你到哪一個家庭都受歡迎啦。」佩珊笑著回我。

「所以妳爸媽都知道我，而且要一起用餐。」我還是有點擔心，這是我從來沒有過的經驗。

「我爸媽知道你，知道你是我小學同學，而且一路很努力念書。」「不過，那一天他們剛好不在，他們到台北參加一場教學觀摩活動。這樣可以嗎？」

佩珊故意先嚇嚇我，然後才說出真相，她真的很瞭解我。她不會讓我現在就去承受被她爸媽檢視這樣的巨大壓力。

「那天我爸媽不在，但我妹妹在，就我們三個人一起吃頓飯。應該沒問題吧？」

「當然沒問題。謝謝妳。」我鬆了一口氣。

約好那天我準時到達佩珊家門口。她家是一樓平房，前面有堵水泥圍牆，大門是紅色的鐵門。我按了門鈴後沒多久，佩珊便來開門，後面站著一個稍微矮一些的女生，但是臉比較圓，同樣堆滿笑容。

「嗨，歡迎你來我們家，進來吧。」

我跟著佩珊走到房子裡。她突然想起，還沒有介紹身旁的女生，回過頭來指著她跟我說：「這是我妹妹。」

「你好！」妹妹出了聲，眼睛睜得大大的看著我，大概是像看動物園裡的大象之類的。

「她從小就是跟屁蟲，我走到哪，她跟到哪。」佩珊笑著說，毫不留情。

「妳亂講，我哪有。」妹妹皺著眉回她，但是仍舊笑著。看得出來，她們姊妹倆感情很好。不然，不會在外人面前這麼坦白。

「妳也學鋼琴嗎？將來跟妳姊一樣要念音樂系？」我問她。

「她不行啦，她的鋼琴超爛的。一首奏鳴曲彈得四分五裂。」佩珊搶著說。

「沒有那麼差，好嗎。我只是沒有那麼有興趣而已。」她妹妹繼續抗議。

「也沒有關係啊，本來就是每個人的興趣都不一樣。」我替妹妹辯解。

講了些話，但還不知道她妹妹名字：「我要怎麼稱呼妳？」

「叫她『妹子』，我都叫她『妹子』。」佩珊說。她妹妹只是笑笑，對這一點倒是沒有任何異議。所以，我後來也跟著佩珊這麼叫著她。

她們一起到廚房裡去忙，要我在餐桌旁稍微等一下，大概十分鐘後就端菜出來了。紅燒魚、麻婆豆腐、清炒空心菜和一鍋排骨竹筍湯。

「我的廚藝很差，還請多多包涵。」佩珊說。

「那盤空心菜是我炒的。」妹子特別聲明。

「看起來非常可口耶，妳們兩個都很厲害。」

「真的嗎？那你要吃光光。」佩珊溫柔而堅定地看著我。

我當然也堅定地回她：「沒有問題。」

我們開動。我總共盛了兩碗飯，除了湯之外，所有菜都吃光。

「好吃，非常好吃。每道菜都很棒，妳們真的很會煮喔。」我邊吃邊這麼說。兩個女生都很開心。

用過餐後，收拾完，最後回到客廳的沙發上聊天。大約半小時後，妹子起身離開，她要去萬蛟補習班上英文。

「是不是在柳川旁邊的巷子裡？」我問。佩珊回我說，是的。

「那下次見囉，妹子。」我說。妹子也揮揮手，跟我說再見。

妹子離開後，只剩我們兩人單獨一起，空氣突然沉靜下來。我們理解的互看著對方，什麼話都沒說。我的眼裡是一張甜美白嫩的臉，鼻下是散發自她身上淡淡的花香味。

從小學到現在，這麼多年，我們好像一起在大海裡潛泳，雖然看得見彼此，但我和她之間始終隔著蔚藍的海水，沒辦法再親近。現在終於可以露出水面，我只要伸出手來，佩珊會跟我一起上岸，距離會消失。

於是，我伸手向佩珊，佩珊也伸手過來，所以我們的手又合在一起。

「我知道你在想什麼。」她說。眼睛露出慧黠的光芒。

「想什麼？妳什麼都不用說。我自己知道我要做什麼。」我笑著說。

我把手拉近，身子向佩珊傾斜，然後另一隻手繞到她的身後抱著腰，在她還來不及說另一句話之前，嘴唇就貼上去。剛開始她的眼睛睜得很大，而且抿著嘴，不過一下子之後，就柔順的闔上眼，放鬆嘴角。我甚至大膽地伸出舌頭，偷偷的越過界。

沒想到水面的世界如此美好。我和佩珊享受著感情的翱翔，無拘無束，海闊天空。

幾分鐘後，我再進一步，慢慢把佩珊放倒在沙發，然後身子壓在她身上，嘴唇仍在她的嘴唇。佩珊偶而會張開眼來，從眼眸深處閃現她的溫柔。

歡愛中貪婪許久後，我們的嘴才分開。我抬起身來，定定地看著佩珊。

她也張開眼來，「你喜歡嗎？」她問我。

「我喜歡妳，喜歡抱著妳親妳的感覺。」我回她。

聽完，佩珊抬起頭來，在我嘴唇親了一下，說：「我也喜歡被你抱著。」

然後佩珊精靈似的一雙明眸在我臉上打轉，好像考慮好了之後，臉上帶出一抹微笑，跟我說：「還有更美好的。你想嗎？」

「更美好的，是什麼？」

佩珊深深吸口氣後，說：「你想不想摸摸我的胸部，很軟喔。」

我笑了出來，接受她的建議。我從她的上衣下擺，慢慢把手伸進去，在胸衣底下找到柔嫩的胸部和小小乳突，一種從未體驗過的美妙觸感。佩珊閉上眼不發一語，但我從她臉上讀出歡愉的表情。

「妳的胸部，好柔，好軟。」

我以整個手掌包覆佩珊的胸部，輕柔的撫摸。佩珊一陣子之後才睜開眼。

「我喜歡你的撫摸。」她俏皮的說：「你知道你的身體也有反應喔。」

我把頭稍微抬起來，不解的問：「我的反應？」

「是你的下面。你的下面現在變得又硬又長。」「事實上，現在它正頂著我的大腿。」

我一下子感到尷尬，身子稍微離開佩珊身體。自然的生理反應是我所無法控制的。

「沒有關係喔，我沒有任何不舒服。對男生而言，這也是很自然的一件事吧。」珮珊繼續說：「這裡是我家比較不方便，我們什麼都不能多做，等我們一起到了台北再說吧。」

我怎麼能不愛這個女生，她完全可以穿透我的心思和感受。她永遠站在我的前面，我只要跟上她腳步，幸福愉快一定會跟著來。

我又重新貼到佩珊身上，重重的吻上她的嘴唇，這次毫不猶豫的把舌頭滑過去，然後和她小而柔的舌頭交纏起來。

我們就這樣擁抱好一陣子，才分開。好不容易空出一點距離，可以說話。

「我們自由了，可以一起去台北上大學。」我說。

「對呀，至少不用再像現在這樣，天天念書，我們有許多時間可以做自己想做的事。」

「實在很高興，可以把那些教科書都丟掉。」

「可以做點不同的事了。」佩珊問我：「你有沒有想過，上大學之後，除了課業之外，要做些什麼事？」

說實在的，我還從來沒有仔細想過，我猶豫了一下之後才說：「學個樂器吧。妳鋼琴彈得那麼好，而我什麼都不會。」

「學樂器，到大學才學樂器，會不會太晚了一點。」

「喔，是嗎，如果很難的話，那我學直笛就好。」

真沒志氣的回答，不過佩珊開心地笑了。

「那妳咧，有沒有什麼想做之事？」

「我啊，我想學跳舞。這麼多年來我都是坐著彈琴，自由之後，我想跳舞。什麼舞都好，現代舞、國標舞、土風舞，想到終於能伸長手腳自由的舞動，就感到很開心。」

「我瞭解妳的個性，我可以想像妳跳舞的樣子，一定很迷人。」

「跟我一起跳吧！」她說時，往天空伸長了雙手。

「啊，要我跳舞。」我的女神都這麼說了，我能說不嗎？

看到佩珊的臉因為想像而神采飛揚，而我的一隻手仍在她的胸部愛撫著，我真的恨不得明天就跟她一起出發去台北。

我很幸運，佩珊和我一起簡直是命中註定。但這不全然是上天的恩賜。我很努力，從小四那年開始我就奮力往前游，為了追上佩珊的腳步。現在我們手牽著手，仰躺漂泊在人生的大海上，耀眼而溫馴的陽光俯照著我們，我們必須瞇著眼才能避免滿溢的幸福感吞沒我們。但我們沒有迷失方向，我們將會一起走向更美好的明天。

二、不在預期的未來

一九八二年九月，從成功嶺受訓結束下來後，我就忙著準備行李，沒有時間和佩珊約見面。不過，我們說好了，到台北安頓好之後，再聯絡。

到了台北，我先住進親戚家，報到那天才到學校去。這時候才發現，宿舍的床位不足，即使是外縣市學生，也必需要抽籤。還好，我運氣很好，有抽到床位。到宿舍看過之後，發覺還缺一些用品，於是回到親戚家，請親戚幫忙採買，隔天才正式搬進宿舍。當然進宿舍之後，清洗、整理、熟悉環境，又是一陣忙亂。

在這過程中，我心裡一直惦記著應該是跟著爸爸北上的佩珊，但沒有電話可以聯絡，只能把信寄到台中去，希望在台中的妹子會幫忙轉信。

大約一週後的一個黃昏，台中有信來了。那時我剛好在樓下，心裡是快樂的，於是走到宿舍外的樹下，攤開信來看。很意外的，不是佩珊的筆跡。

莊大哥您好

很不幸來通知您這個消息。

我姊在北上報到的三天前在家中猝逝。

那天早上吃過早餐，她只是說胸悶有點不舒服，想回房休息。半個小時後，等我們發現她時，她趴臥在房裡的地板上，已經沒了呼吸心跳。事情發生得非常突然，我們全家人都悲傷得難以接受。

我姊從出生就有心室閉鎖不全的問題，經過開刀治療，幾乎痊癒。這麼多年來，我們也一直細心照顧，沒想到還是沒能躲避最終的噩運。

我非常難過，我跟我姊從小就很要好。我知道你跟我姊的親密程度還超過我們兩姊妹，你一定會更難過。希望你可以早日脫離悲傷，開始自己的全新生活。是姊姊沒有那個福氣跟你在一起。

事情發生得很快，我姊應該沒有受到什麼太大的痛苦，這是唯一可以令人感到安慰的。

妹子

我震驚到腦海一片空白，反覆讀著信，想讀出一些不同，但所有文字顯露一個殘酷的事實。然後，我開始發抖，視線變得迷茫，淚水像泉水一樣湧出，無論我如何擦拭，無法停止。

佩珊走了？這是什麼意思，我不敢相信，我們說好的那些美好呢？

我無力的癱坐在地上，好像是整個世界都崩潰了那樣的悲傷。然後四周變得沉靜，我的腦海卻鬧哄哄，並且不斷腫脹。腫脹到我想大叫，像狂怒的水庫要掙脫束縛。我抬頭向著天空，閉起眼來張開口，但喉嚨是乾澀的，無論我如何出力，擠不出一絲聲音，只剩下呻吟。佩珊走了，帶走我的快樂，留下痛苦，這世界沒有人能理解的痛苦，連唯一知情的妹子也無法。

我重新睜開眼睛，茫然的看向前方，該怎麼辦？我得做些什麼，否則我的腦子會像漲滿的氣球那樣爆炸。

我無法待在原地，不能溫順地吞下這種椎心般的痛苦。但我能去哪裡？可以做些什麼？要怎麼紓解心中的難過。我想不出來，腦袋繼續腫脹。

我僵在原地，心力交瘁，不知道過了多久，直到心裡冒出個聲音。這個聲音跟我說，跑吧，逃離這裡，逃離這個已然崩潰的世界。雖然不知道能去哪裡，我只能先遠遠地離開這個傷心地。

我站了起來，慢慢地往前舉步，一步兩步。

我開始在這個廣大而陌生的校園中跑了起來，在我想清楚這世界究竟怎麼了之前，不停地跑。

汗水混雜著淚水很快就布滿我整張臉。

我先在操場繞圈，再往教室那邊跑去，經過成列的椰子樹旁，進入老房子間的小徑，再從稻田的路邊穿出。我不斷在不同的道路和小徑、磚房和大樓之間穿梭。有時候跑得快，有時跑得慢。跑不動了，就停下來走，喘足氣就繼續跑。不知跑多久，跑到了哪裡，但就是沒有停止的打算。我用疲累來折磨自己，忘卻痛苦。

佩珊既是我的過去，也是我的未來，她撐起我對世界的想像。現在她不見了，那個我們曾彼此許諾的美好未來已經不復存在。我掉進入黑茫茫的深淵。

在深淵裡我空乏地浮著，既踩不到地，也摸不著邊，黑暗中已經沒有人會伸手救援。我不知怎麼來過未來的每一天。

不知經過多久，我感到好累，好疲憊，全身每一根肌肉都開始痠痛。我快提不起腳步。突然，兩個踉蹌之後，我摔了一跤。整個人摔趴在地上。我的右臉頰和四肢癱在燥熱的地面上。好像整個世界的重量都壓在我身上那樣，只能掙扎地喘著氣，沒有力氣起身。

老天怎麼對佩珊這麼殘忍，對我這麼殘忍，我不明白。

當我的淚終於流光，氣力也用盡，連白日都棄我而去，我才慢慢的從地上坐起。這裡是哪裡，我不清楚，但我知道這是一個已經沒有佩珊的世界了。

我試著找路，半個小時後，才拖著極度疲累的身子回到宿舍。當我的室友看到我時，嚇了一大跳。

「哇嗚，你喜歡跑步啊，怎麼流那麼多汗。下次最好換個運動衫短褲的，再去跑啊。」

「嗯。」我回，他沒有辦法理解。

我下樓到浴室，什麼也沒脫，就直接把自己埋到水龍頭的沖刷之中。

那天晚上我在聽過十幾遍的嘆息小夜曲後，虛弱地爬上床睡覺。我是被痛苦折磨到不支，還是被回憶埋到失去知覺而入睡，我無法分辨。

第二天起來，我沒有辦法去上課。

我坐在書桌旁，看著窗外。窗外的陽光和藍天跟昨天一樣明亮，沒有絲毫改變。改變只在我自己的心裡。我還是漂浮著，跟這世界所有的一切都有著長長的距離，被濃烈的孤獨感所拉出來的距離。

佩珊曾說，到了台北我們就自由了。現在這對自由的羽翼剩下一半，我只能歪斜的存在，已經沒有能力離地飛翔。原本美好的世界變成一個空殼，在我身上展開另一種囚禁，而我沒有能力阻止。

我還能做些什麼？除了發呆，除了思念，除了浪費美好的青春。

下午有人通知，我的電話，於是我下樓到餐廳去接聽。

「兒子啊。」是媽媽打電話來關心：「你宿舍怎麼樣？開學順利嗎？」

幾乎忘了在台中的家人，媽媽來電讓我在冰冷的內心深處感到一絲暖意。我努力打起精神。

「搬進宿舍還好，三姨給我很多的幫忙。還在適應新環境。選課選完了，也已經開始上課。」

「學校很大嗎？有沒有四處走走看看？」

我幾乎跑遍了整個校園，有些地方甚至路過好幾遍，但完全沒有什麼印象。不過就是一個學校的樣子。

「有，校園很大，很大，要花一點時間熟悉。我可能得去買台腳踏車，教室和教室之間隔得很遠。」

「那就買喔，不要太省了。」「同學咧，有沒有認識什麼同學？」

媽媽連交友都還要關心一下，口吻有點像在問第一天上學的小學生。

媽媽對佩珊知道多少？她可能只有印象，小學時我跟一位住在模範新村的女同學交情還不錯，放學一起排路隊回家。但國中隔了三年，高中時我什麼都沒提，她應該完全不知道了。也許我應該跟她講的，我有一個女朋友在唸女中喔，我們感情非常好，而且彼此承諾要到台北念大學，我們辦到了，她卻來不及北上報到就死了。我很痛苦。

媽媽應該可以體會這種痛苦，會安慰我幾句的。但是，這一切都太晚了。

「有幾個從台中一起來的同學認識啦，需要一些時間去認識新的。」

「喔，也不急啦，慢慢來。」

除了問我開學是否順利，電話中媽媽也提到唸國中妹妹開學的情況，好像唸書有點辛苦。我順便問了一下爸爸，媽媽回說還不是老樣子，經常忙工作和應酬。這些事我都幫不上忙。電話上大部分是媽媽在講話，我只是聽而已，但是覺得連集中注意力好好聽一下，都是一件困難的事。

媽媽掛斷電話後，我返身上樓，走到一半，我不自覺的流下淚來。

這種悲傷的心情持續了一週，還是兩週，我才有辦法在沒人看到時停止流淚。

我總不能一直這樣下去。

我必須恢復該有的大學生活，如果我打算要畢業。

我去普通教室、綜合教室、共同教室上課，把自己釘在椅子上直到下課。然後騎車去吃自助餐，傍晚才會回宿舍，晚上裝著在念書。

我可以繼續欺騙自己，自囚於感情的迷宮。但是在每天的生活中，我不得不認清自己的存在。

我要在這間宿舍渡過四年，而我身旁有好幾個室友。我無法繼續忽視身邊的一切。一個多月的生活之後，我的周遭才慢慢顯露出它該有的輪廓。

首先是每天進出的地方。

這是一棟三層樓老房子，聽說是用美援撥款建造的。從一樓左側那間大浴室看來，應該是有那麼古老沒錯。說是浴室，但只是四周牆壁上裝有出水噴頭，完全沒有隔間的大淋浴間。而一樓的右側是個穿廊，通到後面的餐廳。宿舍、浴室、穿廊和餐廳剛好把中間圈成一個中庭，沒有任何擺設、沒有任何用途的露天空地。我曾看過幾個學生嘗試在天井裡打羽球，但只要稍微一用力，球就落在牆壁上。我對這處天井有特別深的印象，有很長一段時間，覺得自己好像生活在裡頭，沒有出口，而且感到孤獨。

然後，我也漸漸熟悉了在這間老房子裡，跟我一起生活的三個室友：同樣來自台中的王孟麟、出身高雄的翟胖和彰化來的相公。

我和王孟麟有很多選課相同，所以常騎了腳踏車一起行動。他因為天生的關係，左腳有點不方便，沒辦法像正常人一樣走路。但這對我完全沒有影響，我心裡有傷，時間慢下來了，剛好我們可以彼此陪伴。

王和我都是不求表現的人，常一起躲在角落，但有時還是會招來別人特殊的眼光。每次在課堂上點名，叫到他的名字時，有些人的目光會自然投射過來，要看看是否真的是唱〈雨中即景〉那個歌手王夢麟來了。

其次是翟胖。

翟胖其實並不胖，只是長得高，從背後看身形比較寬大。他倒是很不喜歡別人說他胖，所以在他面前，我們都稱他為「翟」。但是只要他一轉身，看不到了，大家還是習慣叫他「翟胖」。

自從那天在校園裡跑得快虛脫之後，我就常常去跑步。有時候是因為不想念書，有時是因為沒什麼事好忙，更多的時候是想到了佩珊。跑步慢慢從一個習慣變成了我的興趣，至少在別人眼中是如此。

有一天下午我又要去跑步時，翟胖突然叫住了我。

「你好像常去跑步。難怪看起來身形那麼瘦。」他說，有點羨慕的樣子。

「對啊，就只是想跑。」我沒有跟他說真正的原因。

「說實在的，我也想試試看，看能不能瘦一點。」

「好啊，那你要不要跟我一起。」我覺得他有意要培養一項興趣對他是一件好事，於是在宿舍門口等他。

十分鐘後翟胖從樓上下來，已經穿好短袖短褲和布鞋，而正當我們要一起往前走時。

「可是待會兒回來，還得先洗澡，要花額外的時間。」他說。

「洗個澡、換個衣服比較舒服。」我說。

「這樣花太多時間，我有些作業還沒做，明天的一些課可能會來不及準備。」於是，他猶豫再三，最終還是放棄，又一個人上樓去。那是我跟他一起想要運動最接近成功的一次，後來我偶而會跟他提到要慢跑，但他從此沒再起念。

最後是相公。

我問過翟胖：「為什麼你們叫他『相公』？」

「因為他名字裡有個『相』字啊，而『公』是尊稱。」

「那也不用叫他『相公』。他會打牌嗎？難道他不知道，少一張牌或多一張牌，只會輸不會贏的人叫『相公』嗎？」

「我哪知他知不知道，反正他不介意人家這麼叫他。」

「所以，就叫他『相公』。」我還是有點猶豫。

「沒關係的啦。」翟胖回我。

相公長得細眼方臉，鼻樑上還架著一支厚厚的黑框眼鏡，笑起來眼睛瞇成一條線，看起來有點喜感。他出身中部的農家，個性很樸實，是只要熟悉了就會令人感到親切的一個人。

相公最引人注意的是，他有一支神奇的電湯匙，而且總是不離身。我在寢室裡看到他時，有將近一半的機會他和那支湯匙正密切工作著。原本電湯匙是用來煮沸水泡麵用的，但相公顯然覺得不夠，所以做了很多新嘗試。他拿來燙青菜、泡咖啡、甚至是煮稀飯。我喝過他的咖啡，說實在的，比較像有咖啡味的糖水。至於稀飯，我問過他效果如何？他回我，還可以吃，但是整個湯匙弄得糊糊的，清洗很麻煩。

我可以理解相公為什麼那麼執著於那支電湯匙。剛上大學的窮學生能省一分是一分，如果簡單弄個稀飯就解決一餐，而不用花二十五元下樓去吃自助餐，我也會考慮這麼做。

王、翟、相公和我四個人都不是活動力特別強的人，到了晚上大概就是四個角落，點著四盞燈，各自看各自的書。但即使室友們如此單純的存在，對我都有某種程度的意義。他們在無意中幫我降低心中的孤獨感和無力感，慢慢的讓我回到地面，不再漂浮。佩珊走後，在我情感的自囚中，幸好有他們三個陪伴。雖然，他們一無所知。

日子安靜地過，唸書再考試，有時候考完試，心情輕鬆一點，半夜我們會一起騎腳踏車，跨過中正橋，到永和喝豆漿，吃燒餅油條。也算是清寂生活中的一種調劑。

到了下學期的某一天，晚餐後大家在寢室裡聊天，有人提到雖然讀書生活愉快，但是有點無聊。翟胖突然有個想法，他說：「我上次回高雄，隔壁鄰居一個女生，我們還算熟，問我有沒有興趣寢室聯誼。」

經過一整個學期，我們已經很習慣單調的生活，要繼續也可以，當然也可以改變一下，究竟我們正過著自由的大學生活。

「哪個學校的？」王問。

「師大。」翟胖說。

「那很近喔，騎車從後門出去，十分鐘就可以到。」相公說。

我不知道相公怎麼知道的，他是不是去過了。但聽到這個名字，我的心頭震了一下，這是佩珊無緣的學校。

「就是因為近，所以我想可以安排看看，也只需要一個晚上的時間。」翟胖說。

「可以啊。」王說。

「反正很近，可以當成大家一起去吃宵夜聊天。」相公說。

然後所有人看向我，唯一一個還沒有發言的。

「那就一起吧。」他們不知道，我想去的理由跟他們不一樣。

我們討論完後，翟胖寫了一封信過去，幾天後就收到回信，約好下週五晚上八點過去見面。

到了那天，四個大男生穿著整齊，騎著腳踏車跨越辛亥路，進入泰順街巷子，穿過師大夜市，一下子就到了位於師大路旁的師大女生宿舍入口。翟胖在門口拜託一個路過的女生上樓通知，沒多久，四個同樣穿著整齊的女同學就來到我們面前。我們互相點頭致意，並簡單問好。

然後，八個人一起走到夜市中的一家冰店，坐在裏頭聊天。大部分時間是翟胖和他的鄰居女生在對話，偶而其他人會插上一兩句，氣氛不算很熱絡，但也不至於冷場。半個小時後，每個人對在場的其他人都有些瞭解了。

吃完冰，女生們提議到師大校園走走，男生都說好，所以我們就起身離開。因為已經不是剛開始那樣陌生，這一趟路就不是來時那樣，男生女生分開走了。

跟我走在一起的是一位暱稱叫媛媛的女生。圓臉短髮，淡眉薄唇，臉頰上有淡淡雀斑，但是笑起來會令人感到親切的女生。她來自屏東，所以跟我提起關於高雄女中和高屏溪的一些事，因為我不曾去過，還感到有點新鮮。

我們從女生宿舍這頭的地下道走入，從另外一頭出來，進到師大校園。

「我們學校很小喔，跟你們學校比起來。」媛媛說。

「小有小的好處啦，換教室只要走路就可以，不像我們，得騎腳踏車。」

「但是下課時，所有人走在幾條通道上，真的是很擠啊。」

「這樣比較不會寂寞。」突然發覺我的回答好像不大合適，所以趕緊再補充：「我的意思是說，人多一點熱鬧。否則，像我們學校，有時候冬天下雨冷風吹，人少會有點寂寞之感。」

媛媛臉上露出理解的笑容。我們繼續在漆黑的校園中邊走邊聊天，話題多半圍繞在系所和建築物上打轉，因為校園不大，不到半個小時就來到師大的大門口。

「音樂系在哪裡？」我突然問。剛剛沒有聽到媛媛有提到。

媛媛把手指向大禮堂的方向，問我：「你有認識的人讀音樂系嗎？」

「沒有。只是好奇。你們有這系，而我們沒有。」

沒有人看出來，我在往音樂系館方向凝望時，時間稍微長了一點。當然更沒有人讀出我凝望時滿是遺憾的心情。

那天聯誼結束後，在宿舍門口告別，我們很有禮貌的邀請對方有機會也到我們學校參觀，讓我們盡地主之誼。但是回去之後，沒有人再提這件事，那個晚上的友好和對再見的期望也就嘎然而止。

然後，整個學年結束了，進入暑假，但是我沒有回台中。媽媽之前有電話跟我提過，爸爸跟人合夥的生意出現一些問題，我們家的經濟變得比較緊些。為了減輕家裡的負擔，我接了家教，家教是沒有暑假的，所以我留下來。

留下來也好，暫時遠離台中，那些少年以來的記憶如今變得苦澀。

在一個百無聊賴的夏日午後，我和王孟麟下起圍棋，但是因為我連輸了三盤，而變得興趣缺缺。而時間還是很漫長。王於是建議，不然我們去活動中心打撞球，暑假人少。我們便騎了腳踏車到活動中心的地下室打撞球。沒想到換我連贏三場，換王興趣缺缺。撞球也打過之後，王決定回宿舍，我則沒有更好的去處，想在活動中心多待一會兒，便獨自留了下來。

我偶而會來活動中心一樓用餐，或者到地下室活動筋骨，但從來沒上過二樓，有點好奇。所以趁這個機會，我由大禮堂前的樓梯拾階而上。

到二樓一看，原來都是社團辦公室。每一間都小小的，只有一間看起來比較大，像是可以跳舞的地方。我繼續往前走，來到一處天井，天井的四周也都是社辦小房間。大學第一年，我沒有參加任何社團，這些地方跟我絕緣。打算繞著天井走一圈後就要離開。

就在這時候我聽到音樂。是一首鋼琴曲。在沉寂的夏日午後，低調的單音、連音迴盪在無人的中庭，讓我感受到一種隱晦而神祕的氣息。我一下子被吸引住了，全神貫注地聆聽，並一面尋找音樂的出處。

雖然我還是聽佩珊的嘆息小夜曲，可是那是小提琴與鋼琴的柔情對訴，而彈鋼琴那人早已經不在。我的心裡認為佩珊不是消失，只是藏到別的樂曲去了，等我重新去發現她。所以，在宿舍、唱片行、街上任何一個地方，只要聽到鋼琴聲，我都會停下來仔細聽，看那會不會是屬於佩珊的鋼琴曲。

我走到角落的一個房間前，確定音樂是來自裏頭後，敲了敲門。一個低沉的聲音，叫我進去。我於是開了門。

這是一間簡潔的社辦。中間一張原木色的方桌，桌旁幾張木椅。對面是一個大型的綠色鐵架，最上層有貝多芬的浮雕頭照、樂團和某個指揮的照片。下層架子擺滿像百科全書一樣的厚書和許多的黑膠唱片。房間的左手邊則有兩個黑色的喇叭和一個灰色的短鐵櫃，鐵櫃上面有張唱片正在轉著。而我的對角椅子上坐著一個男生，戴著銀邊眼鏡，頂著一頭顯然許久未剪的亂髮，下巴有些鬍渣。當他抬起頭來跟我說話時，顯得成熟而穩重。

「有什麼事嗎？」他低沉的說。

「我在外面聽到音樂，覺得很好聽。」

「哪一首？是前一首嗎？」這時候唱頭剛好滑入下一首。所以，他伸手去把唱臂輕輕掀起來，放到前一首起頭的軌道。我們靜靜的聽了一會兒。

「對，就是這一首。」我說。

「很好聽，對不對。有點東方的神祕氣息。」他繼續說：「這是十九世紀西班牙作曲家格拉納多斯的作品，西班牙舞曲，總共有12首，這是第二首。」

「你聽過這個作曲家嗎？」

「沒有。」我回。

「他不是那麼有名，留下的作品也不多，而且不到五十歲就因為意外過世。」

「什麼樣的意外？」我對「意外」這兩個字感到敏感。

「第一次世界大戰期間，他受邀到美國表演，很成功。但是搭船回歐洲的過程中，被德國潛艇的魚雷擊沉。」「原本他已經爬上救生艇了，為了救他老婆，又跳回海中。結果溺斃。可以說是為愛而死。」

只是一首鋼琴曲而已，沒想到作曲家背後有這樣的故事。

「他跟他老婆感情一定很好。」我說，免不了又想起佩珊。但我沒有機會救她。

「人生難料。」他的結論很簡單，我的體會更深。

「請問你知道這首曲子是描寫些什麼嗎？」我問。

「知道啊。」「這首曲子的標題是〈東方〉Oriental，但不是指真正的東方，而是指西班牙南部的安達魯西亞。」「中世紀時西班牙南方曾被北非的摩爾人所占領與統治，而且是很長的一段時間。」「結果，天主教思想和伊斯蘭信仰融合而產生特殊的建築與文化。這首曲子描述東方女子的神祕魅力，是對過去那種特殊文化的追憶。」

「是不是聽起來，有點像海妖那樣迷惑人的感覺。」他問我。

佩珊是我心中的海妖？會跟著我一輩子。我回他：「很像。」

「會喜歡這首曲子，對這首曲子著迷，你是不是有失去什麼重要的人？」他的突然發問，讓我愣了一下，他居然感覺得出來。但我沒有回答，他也沒有繼續追問。

他找了張紙，寫下曲子的英文名字和作曲家，把紙條遞給了我。

「到唱片行去找找看，不難找的。」

我對他道謝後，轉身準備離開。他又叫住我。

「如果有興趣，可以加入我們『愛樂社』。」

我點點頭，跟他說，我會考慮。出門時，也把門帶上。

晚上我到唱片行找到了舞曲的卡帶，我確定這就是佩珊的鋼琴曲。從那天起，我早上聽嘆息小夜曲，晚上聽西班牙舞曲。我沒有再去愛樂社，也就沒有再看過那位有著低沉嗓音的鬍渣同學。

暑假來到尾聲，回家去的翟胖和相公也回到宿舍，寢室變得比較熱鬧，不同寢室的同學會彼此串門子聊天。有天晚上銘欣學長又來到我們寢室。

銘欣學長比我們高一屆，跟王孟麟是同一個學長組，剛開始來我們寢室，主要是跟王聊天，看看他在生活上有沒有什麼困難。多來幾次後，跟其他人也熟識起來。

他長得瘦瘦的，手長腳長，但身體看起來結實而有彈性。他的臉是瓜子形，總是帶著笑，而且習慣把下巴抬高，談話時充滿精力。從任何一個角度看來，他都給人正面向上的感覺。所以，當他走進來時，頓時會覺得寢室變亮了點。

他今晚過來時，恰巧王不在，所以他就把王的椅子拉過來，換跟我聊天。

「我好像常看你跑步喔，下午有去跑嗎？」他問我，並且輕拍我的肩膀。

「夏天太熱了，我現在都改到晚上跑。」

「你都跑哪裡？跑多久？」

「大部分跑操場，有時候也跑校園。大概就是一個多小時。」

「哇，你這樣長期跑，體力一定很好。」

「是嗎？這只是我無聊時候的一個興趣。也不是特別為了鍛鍊體力。」

「你有參加什麼社團嗎？」

「沒有。」我回他。

「沒有參加任何社團，這樣大學生活會不會太單調，除了念書，還有很多事情可以做啊。」「你知道我參加什麼社團嗎？」

「我不知道。」我從來沒有特別注意學長去參加了什麼樣的社團。

「我是民族舞蹈社的，跳世界各國的土風舞。很棒的一個社團喔。」

依學長的體格看來，我一點都不訝異。確實是跳舞的好身材。

「學長，你身材很好，很適合。」

「身材是其次啦，興趣最重要。跳舞很健康，很好喔。」「我來你們寢室，常看你聽音樂，雖然都是古典樂，但喜歡聽音樂的人，音感一定很好。」「不要一直坐著聽音樂嘛，要不要也站起來跳舞？」

站起來跳舞，我的心強烈的震了一下。這一年來，我去看過佩珊的大學校園，找到了佩珊專屬的西班牙舞曲，現在學長突然讓我想起她北上的心願。如果沒有發生意外，她現在正在她的學校快樂的跳著舞。

「我覺得你常跑步，體力好。愛聽音樂，節奏感應該也很不錯。要不要來舞社跳舞試試看？我覺得你很適合耶。」

我適合跳舞嗎？我想要跳舞？上大學之前我從來沒有想過，但答案一點都不重要，我做了決定，立刻回他：「好。」

銘欣學長聽到之後，沒有預期我會立刻同意，一時還反應不過來：「你剛剛說什麼？」他要確認他沒有聽錯。

「我說好，我跟你去舞社跳舞。」這次我慢慢說，他聽得很清楚了，完全是出乎他意料之外的收穫。他臉上露出大大的笑容。

「你真的要來跳啊？」「保證你會跳得很開心。」「歡迎你來加入舞社。我覺得你的人生會因此而有很大的改變。你會有意想不到的收穫的。」

會嗎？會改變我的人生嗎？我的人生在剛進入大學時就變過一次，這次會變成怎樣，我無法預期，但我決定接受改變了。

「我們舞社活動的地點在活動中心二樓的２１３室，開學之後第一個週六下午一點你就可以過來。我會跟你介紹一些人。他們會教你跳舞。當然我也會。」

「跳雙人舞你也需要一個舞伴，我再介紹幾個女生給你。我們社裡，女生多男生少，身材好又會跳舞的男生會很吃香。」

他停頓了一下想一想，好像做成決定似的，才繼續說。

「我介紹桑妮給你好了，她脾氣好又有耐性，而且也已經學了一整年。」「你跟她應該搭得起來。」「其他女生也不錯，但有幾個有點凶喔，跳不好，她會唸你。」講完，他自己笑出聲，大概是很瞭解初學者的困難。

學長非常興奮，滔滔不絕地講了一大段話，甚至還開始說起某些舞要怎麼跳，想要當場就跳給我看。我當然聽不大懂。

我沒有他那麼興奮，但這是佩珊的心願，等於是我代替她要往前走。我不知道未來會變成怎樣，但在做成決定之後，我曾經漂浮的深淵中，終於不再那麼漆黑，露出一線光。我有種感覺，我彷彿要慢慢的落地了。

三、繽紛多彩的華士轉

開學後第一個週末我準時到活動中心二樓的213室報到。

我到的時候已經有好些人在場，正熱絡地聊天。但也有幾個人落單，大概都是跟我一樣的新生。說自己是新生是有點奇怪的，已經升上大二，宿舍裡已經有人稱呼我為學長，然而在這個社團的新圈圈中，我還是初學者沒錯。

學長看到我了，過來跟我打招呼。

「你來啦。歡迎你加入我們社團。」「剛開始要學的比較多，要堅持喔，不要怕困難，有空就來練。」

「我會的。」學長打預防針，怕我遇到挫折會退縮。其實他不用擔心，我有堅強的理由。

「待會兒會有些簡單的舞，像熱身運動一樣，試著跟跟看，不會很難。然後，今天會教兩支舞。」

「我會努力，儘量跟。但我以前真的沒跳過，可能沒辦法那麼快跟上。」

「不用太擔心，多跳幾次，你就熟了。你一定會喜歡上跳舞的。」

學長講話時帶著笑，而他的笑容很有感染力，好像多看幾回，跳舞這件事就絕對沒問題。不過，我知道他會幫我的，這其實是我最感安心的地方。

這時一位穿著蕾絲邊白襯衣和淺紅過膝裙，留著及肩長髮，耳邊別著一個花樣髮夾的女生從我們的斜前方走過去，學長叫住了她。她回過身來，明眉貝齒，一張美麗的容顏展向我們的眼前。

「來來來，我跟妳介紹一下，這是我跟妳說過的，我學弟。」

我趕緊跟著接話：「妳好，我是莊智凱。」

「你好，我叫杜桑妮。銘欣有跟我提過你。歡迎你加入舞社。」

桑妮不僅是漂亮而已，連說話的聲音都細細的，我得傾身向前才聽得清楚。跳舞的女孩都是這樣的嗎？我心裡疑惑著。

「我才要開始學跳舞，還要麻煩大家來教我。」

「沒有問題啦，每個人都是這樣開始的。我也只跳了一年而已。」

「其實我們是同屆，對不對。可是在舞社，論資歷，現在妳應該算是我的前輩了。」

桑妮皺了眉，但是還是戴著大大微笑：「什麼前輩，聽起來好老喔。你不要當我是前輩，直接叫我名字，我們就是舞社的同學啊。」

「好的。」桑妮成了我在舞社認識的第一個社友，除了學長之外。

過了一會兒，有人放了音樂，很輕鬆的音樂，跳舞要開始了。大家就慢慢的走成一個圈，按著節拍，舞動手腳。桑妮走到我的右手邊，很自然地牽起我的右手。

「這舞很簡單，你可以跟著我做。」

我知道很多單人舞是牽手成一個圈跳的，但我心裡難免還是有種異樣的感覺。在此之前，我只牽過佩珊的手。我在心裡跟自己說，這只是跳舞而已啊，沒有什麼額外的意義。

大家是順著逆時鐘方向跳這支舞的，桑妮走在我前面，不斷給我提示：「往前八步。」「左抬腿。」「右抬腿。」「退後兩步。」「左腳輕點，從頭再來。」「你看，不會很難吧。」

我照著桑妮的指示，剛開始腳步老是會錯亂，但是音樂反覆聽幾遍後，抓到節奏，終於也可以完整無誤地跟上。但當我開始有點成就感時，音樂停了。

「你看很簡單吧，總共只有十六拍，多跳幾次就沒問題。」桑妮跟我說時，側著頭，青春容顏搭悅耳的聲音，而我剛學會第一支舞，心情很好。我突然覺得自己有點喜歡上桑妮，在這種情況下，誰都會喜歡她。

半個小時後，開始教今天的第一支舞，是一個自我介紹叫「和源」的男生教的。他的教舞穩重清晰，顯然有過不少經驗，對像我這樣的初學者，幫助很大。此時我旁邊的桑妮已經離開，可能有其他事情，換成一位叫「靜芝」的女生。她也跟我自我介紹，也知道我是銘欣的學弟。可是她比我高一屆，是真正的學姊，她說話顯得比較嚴肅，讓我跟她有點距離。舞社的女生，果真每個都不一樣（是不是我遇到比較凶的那個了），學長說的沒錯。

這首教舞叫〈夜半歌聲〉，是一支以色列舞，總共有兩段，第一段四個八拍，要用到兩個常用的舞步：藤步和葉門步。和源講得不疾不徐，非常清楚，而且講解的時候，會不斷地轉換方向，讓四周的人都可以清楚看到他的動作。我的印象很深刻。學舞要學多久才可以有這麼專業的技巧，讓我有點羨慕。

可是開始練跳之後，我就慘了。不是踩錯節拍，出錯腳，就是轉錯圈。還好不是一支快舞，節奏比較慢。如果右轉時，看到的是旁邊人的臉而不是後腦勺，就知道我轉錯了，趕緊左轉回來。幾次之後，剛開始累積的一點成就感慢慢地不見。

半個小時之後，整支舞教完了。放音樂正式跳，我在旁邊人的半拉半推之下，勉強把整支舞跳完。但我完全不敢說我學會了，我想明天早上起床時，大概會什麼都忘記。

「沒有關係啦。如果你下課有空，就可以過來，找人教你。如果舞室沒有人，也可以放音樂自己跳，多跳幾次就OK。」學長鼓勵我說。

第一次的活動中，兩個多小時，我認識了不少人，但名字記不清楚。沒有關係，以後還有時間慢慢認人。不過，我確定最重要的兩個人就是學長和桑妮。只要我有意願，他們不僅會教我跳舞，也會協助我融入這個社團。

三點多我就離開，因為晚上有家教，我得回去準備。回到宿舍時，只有相公在寢室，王和翟胖都不在。升上大二後，變成學長，他們兩個也想改變過去一年單調的生活，所以參加了地區的校友會。王去忙中友會，翟胖去幫忙雄友會，所以只剩下相公沒變，經常在宿舍中晃盪。

「跳舞好玩嗎？」他問我。

「還好啦，沒有想像中難。女生很多喔，要不要跟我一起去。」我鼓勵他。

「不要啦，我跳舞一定很難看。」「所以，你還會再去？」
「那當然，我不打算半途而廢。」
「每個禮拜六嗎？」
「不一定，他們要我沒課時，都可以去走走。」
相公問得很仔細，但我知道他只是好奇，只是習慣上如此。也不只如此，他對我們三個都一樣，有時候出門去上課，他會問：「上課嗎？上什麼課？」如果有事沒回來吃飯，他會問：「在外面吃嗎？吃什麼？」他什麼都問，完全掌握我們的行蹤，簡直變成我們的管家，我們也毫不介意。有個管家也蠻好的。他會到樓下幫忙收信，會到餐廳接電話，所以即使我們不在宿舍，也不會漏掉任何信息。
「我今天用電湯匙弄個皮蛋瘦肉粥耶。」相公說。眼睛笑成一條線。
「什麼，真的嗎？這難度很高喔。」
「我沒有放生肉，怕煮不熟，用麵筋來代替。」
「蛤，這樣算是皮蛋瘦肉粥嗎？」
「沒關係啊，當成在吃素。素菜裡，大豆製品都當肉，不是嗎。」
「那好吃嗎？」
「沒有什麼味道，而且很快就會餓。」
我笑出聲了。真的覺得相公很有意思，有他在，生活有趣多了。

除了週六之外，我週三下午也常去舞社，因為桑妮那個時間也剛好沒課，我有比較多的機會可以請教她。

後來我跟靜芝學姊也變得很熟。人與人的來往第一印象往往不是最真實的，在我眼中，靜芝學姊就從嚴肅變成很溫暖的一個人。

第二個週末教的是一首雙人舞，叫做〈田納西華爾滋〉的雙人舞。這支舞裏頭需要用到三拍子的華士步、側華士和華士轉。對一個剛起步學舞的男生而言，這些舞步的難度就像颱風裡掉落在橫貫公路上的落石那樣巨大，而陪我要去跨越的舞伴就是靜芝學姊。

她很有耐心，幫我數著拍子，告訴我什麼時候進退，而華士轉時根本是她拉著我轉。她告訴我，旋轉時要利用離心力來帶動會比較輕鬆。提到離心力，這應該是我們讀工程的本行，但這時我才發覺，物理書上寫的是一回事，在舞蹈的世界裡，離心力跟我根本是陌生人。

整首舞都教完後，放了音樂。我也很勉強很淒慘的把整首舞跳完。跳完後，我的舞伴，靜芝學姊，鼓著掌，一直說我學得很快，跳得很好。

學姊當然是安慰我的，我很清楚自己的不足。所以下個週三到舞社去，我就問桑妮可不可以幫忙練舞。她非常樂意。

她放了音樂，先讓我走習慣華士步的三拍子，然後跟我搭起來，反覆練習側華士。確定都沒問題後，才在音樂的節拍下，連續練著華士轉。

我左手牽著桑妮的手，右手攬著她的腰，華士轉一開始轉，四周的景像完全變模糊，我的眼中定定地只剩一張臉。桑妮微抬著下巴，臉上帶著微笑，眼神變得迷濛，從她的神情反射來看，我們好似漂浮起來，好像置身在繽紛多彩的旋轉世界。只要音樂不停，那樣的美好會持續。

「你不要太緊繃呦，應該要放輕鬆，來享受華士轉。」她對我說。

我是很緊繃沒錯，臉上應該是擠不出瀟灑的笑容。而我發現，桑妮確實是很享受，享受音樂和舞動交融所產生的美妙感受。喜歡跳舞的人總有自己的理由，在那一刻，我看到了桑妮的。

桑妮也不只是教我跳舞而已，她邀我進入她瑰麗的想像，並與我分享她從舞蹈中獲得的快樂。我從她身上所得到的遠比我想像的多。

因為「加班」練習，我學舞的狀況也就越來越好。有時候回到宿舍，我心情好時，會跳一小段給相公看。他總是很開心的說：「不錯，不錯，蠻有意思的。」可是不論我怎麼遊說他，他打死也不願意站起來試試看。

二個月後社內發表公告，要進行「新生觀摩」的活動。所有的新生要各選一支舞，練好了之後，在觀摩那一天公開表演，而學長姐會講評。這是這學期舞社最重要的一項活動，算是交流，也是新生學舞的成果驗收。

我去找銘欣學長商量，是他介紹我進舞社的，他因而有了責任。

學長看我一陣子，然後說：「你的身材跟我有點相似，都是比較瘦長，而你又經常練跑，運動神經絕對很好。」

他稍微停頓一下才繼續：「應該可以跳跳看〈卡馬倫斯卡〉。」

「什麼，那支舞有點難度，我可能沒辦法。」

那是一支俄國舞，就是不斷的踢腿、蹲跳、滿場飛奔的那種舞。而我也只看過學長跳過一兩次。我知道學長喜歡東歐的舞蹈，也幾乎可以說是我們社內這方面的專家，可是現在就讓我跳這支舞好像太早了一點。

「不會，你可以啦，只是練的時候會辛苦一點。基本動作好好練，將來要跳其他東歐舞會很容易。」

「基本動作好好練，我是願意。但是這是一支雙人舞，還得找到有興趣的舞伴。」我還是有疑問。這支舞確實需要比較好的體能，也要有願意一起努力的另一半。

「我看你跟桑妮蠻好的，找她應該沒有問題。」

「桑妮？她喜歡俄國舞嗎？」

相處幾個月了，我也比較瞭解桑妮那種追求浪漫的個性。如果選的是華爾滋，她絕對是一口答應。但要練俄國舞，雄壯帥氣但一點都不浪漫的俄國舞，我就沒把握了。

我當面去問了桑妮，有點不是很肯定地問她。

「好啊，我正想好好的練一支俄國舞。」她張著晶亮的眼睛，毫不猶豫地回我。反而是我愣在當場，完全出乎意料。

「學長有說，陪我練這支舞會比較累一點。」

「你愛說笑，練任何一支舞，好好練都嘛很累。但累才會有收穫啊。這是我練舞一年來的心得。」

我不是很確定，桑妮是因為我才欣然接受這邀請，還是她本來對俄國舞就有熱愛。但既然她都這麼說了，我也就沒有退縮的餘地。所以，這件事就這樣說定了。

我們約了一天下午，學長找了過去的舞伴美珍學姊一起跳給我們看，然後反覆跟我們講解，確認我和桑妮知道所有的動作和細節，才放手讓我們自己練。而且也約好，一個月後再幫我們微調。

那是一個揮汗如雨的下午，我不只是學舞而已，還感受到一種責任。每一支舞都有它該有的樣貌，該有的感情和張力，太多了是矯情，太少了就是失誤。這是學長叮嚀的，桑妮讓我瞭解，而我得拿捏好，不能讓這支舞毀在我手裡。我是抱著這樣謹慎的心情來學習這支舞。

那天練完後，我和桑妮講好了，先各自好好練動作，再每週找一天花一個小時兩人一起練。因為彼此空堂時間不同，場地也必須跟其他練舞的人協商，所以有時候還得用到晚上，並找其他地方練習。

有一次我們就約晚上八點在新生大樓的一樓走廊練舞。

新生大樓座落於湖與宿舍區之間，晚間很少有人路過或逗留，所以我們的音樂與動作不至於引起太多注意，是一個理想的練舞場地。

練舞的過程中，如果是個人動作，我們會互相幫對方看。看有什麼地方不夠紮實不夠漂亮，再加以改進。但兩人合跳的部分，只能先練，改天學長再來幫我們調整。

其中有一段算是全舞的高潮，男生要把女生舉起來。跳時女生把手搭在男生肩上，男生雙手抓著女生的腰，把女生舉到空中。而當然是稍微舉高一點比較好看。大部分的女生不喜歡這動作是怕暴露了自己真實的體重，但桑妮毫不扭捏，抓準節拍，靠到我掌中，再努力往上跳。我們的合作出乎意料的順遂，好像我們天生就有絕佳的默契。我很高興，她也很滿意。

一個多小時後，練得差不多了，我們坐下來休息聊天。

關掉音樂後，黑漆漆的天地突然變得寧靜。往左看，遠處女舍門口只有兩個男生在站崗，大概是等著女朋友出來。往右看，湖那邊只有蟲鳴和蛙叫回覆我們的觀望。十一月的天氣，還不至於寒冷，反而給了我們揮汗後的涼爽。

「天氣真好，而這裡好安靜喔。真好。」桑妮說。

「是啊。白天這裡還有人上課，晚上就沒人來了。」我回。

「沒人來很好啊，我喜歡安靜的地方。」

「我也喜歡。」

桑妮算是我上大學之後，第一個有比較深刻來往的女生。此時她的髮際額間還留有幾顆汗珠，雙頰有些潮紅，而聲音很溫柔。我覺得我喜歡的不只是這樣的寧靜而已，我也喜歡與她單獨共處的這個時刻。這時候她是迷人的。

「沒人來因為這裡比較偏僻，也許也因為另一個原因。」我突然想到。

「什麼原因？」

「妳不知道嗎？前幾年這裡有人跳過樓啊。」我說。

「真的嗎？你不要嚇我。」桑妮突然轉向我，臉上有點驚訝。

「真的啊，大概就在前面樓梯間前突出來那一塊地方。」我用手指向樓梯間那邊，而桑妮顯現有點害怕的樣子，身子朝著我靠過來，她的衣服貼上我的手臂。這並不是最近發生之事，應該是沒什麼好擔心的。

「為什麼跳樓啊？為什麼那麼想不開？」她還是掛心。

「聽說好像是感情因素。」

「為了感情，值得嗎？」

「當然不值得啊。在正常人理性的眼裡，完全不值得啊。」「但是人還是跳下去了，也許是我們無法體會那些要自殺的人心中的痛苦。」「也許實在是太痛苦了，只有一死才能解脫。」

我說完後，桑妮沒有立刻回話。她把頭別過去，深深地吸了一口氣，好像在想些什麼我還無法理解的東西，然後才緩緩地說：「那人如果想到父母會傷心，親人會難過，想到還有愛自己的人，還有牽掛在，也許就不會想自殺了。」

「也許吧，如果有那麼簡單的話。」「自殺這件事可能比我們想像的複雜許多。」

我覺得桑妮好像對跳樓一事有特別的感觸，有點欲言又止。但是對於一個生命的突然殞落，誰能平常心呢。所以，我也沒繼續問。但我想這是一個美好的夜晚，也應該以美好來收尾。我決定把話題帶開，放下自殺的傳聞，跟桑妮講起其他人練舞的一些趣事，笑容才重新回到她臉上。

練完舞後，我送桑妮去搭公車，一直陪她到上車離開。看她的背影遠去，我心裡想著，在開始學舞時能有她當我的舞伴，真的很幸運。她是多麼純真善良的一個女生，對所有事情都正向看待，雖然個性上比較浪漫一點，但這個現實的世界就是需要浪漫，浪漫才可以帶來美好和希望。桑妮就是浪漫的化身，她讓我有這樣的聯想。

我們繼續練舞，而我跟舞伴的默契跟舞一樣，越來越好。

終於來到新生觀摩的日子。

大約有十個新生要上場表演，每個人都在服裝上做足準備。我跟學長借了燈籠褲，租了馬靴。桑妮則穿著素色圓裙和有著東歐風味的花襯衫。看得出來每個人都很緊張，但是只要輪到自己上場，誰都拿出最好的表現。秀娟的〈農村情歌〉、幸江的〈西突阿達林〉、化中的〈蘋果樹下〉、錦汝的〈鴨子舞〉、榮東的〈桑塔雷塔〉，每一支舞都很精彩。這也為我帶來很大的壓力。我眼中看著別人，也為每一支舞喝采，但內心裡始終惦記著自己的舞。

終於輪到我上場。雖然從小到大考過很多試，但那只要動筆就好，而要在眾人面前舞動全身，這究竟是第一次。

這支舞前面六個八拍是由女生踩點滑步開始的，我只要原地踏腳律動。剛開始我的身體顯得僵硬，也完全忘了桑妮提醒的，要把微笑擺在臉上。但是看著桑妮在頭上揮舞著手帕，搖擺身體，曼妙地向我跳過來，她那愉悅的笑容感染了我。輪到我跳時，幾拍之後就找回自信，很努力地按照過去一個多月所學，把這支舞表演出來。當拍子來到最後，我把桑妮舉向空中時，終於領受到辛勤努力之後的甜美果實。

音樂結束，大家熱烈鼓掌。我看向坐在評審席上的學長，他的表情顯示他比我還高興，彷彿我的演出是他的成就。事實上也是如此，我們是幾個人的共同努力，讓一支舞光輝而美麗地甦醒，在舞台上重新活過一遍。我們一起分潤了舞蹈的美好果實。

全部表演結束後，擔任評審的學長姐選出了唯一的一個獎「最佳進步獎」，得獎的是榮東學弟。我內心裡雖然有點小失望，但覺得這個結果絕對是正確的。榮東學弟第一天在舞社出現時，連拍子都抓不好，今天完全換個樣子，跳得十足迷人帥氣，得獎是應該的。

觀摩結束後，學長過來跟我道賀。

「你跳得非常好喔，該有的姿勢，該帥氣的地方，你都做到了。」

「沒有啦，我覺得我還是太緊張，動作有點放不開。」

「你才學沒幾個月，能跳到這種程度已經很出乎我意料之外。」

「有幾個地方，我還是覺得不夠順暢，應該還要多練一下。」

「沒有關係，你有時間，慢慢再磨一下，會更好的。以後這支舞就交給你啦。換你去教別人。」

什麼，他是不是從一開始就是這樣盤算的，這根本就是學長的計謀。

「交給我？你有沒有找錯人，我好像還不行吧。」

他拍拍我的肩膀說：「你行的啦，我對你有信心。打從在宿舍你跟我說要參加舞社開始，我當時就覺得你可以跳這支舞。」

是嘛，就是學長設好的圈套，我只是乖乖踏進去而已。但是我很樂意去接受這個任務，明年就換我來教學弟吧，這是我應該做的。

今天我很有成就感。而陪伴我練舞的桑妮，跟我一樣高興。

觀摩結束之後，已經接近期末考，我們暫時收起所有熱情，也減少舞社中的活動。究竟是學生，大家都回頭去趕功課。我也回到寢室，和室友們安靜的讀書。

期末考大約是在一月下旬，我一方面準備考試，參加考試，但心中一直掛念著一件事，桑妮的生日在一月十六日。我做為她的舞伴，這一學期以來受到她那麼多幫助，應該有所表示。可是我一方面沒什麼錢買禮物，也不大可能約她出來吃晚餐。而她長得漂亮又很隨和，跟很多人都很要好，如果要幫她慶祝，我的排序可能也很後面。所以，我只是想著，卻沒有任何行動。

拖到那天下午六點多，實在不能再拖，我想就打個電話過去，跟她說聲生日快樂。如果她外出，我就留話給她家人，請代為轉達。

電話打過去，居然是桑妮自己接了電話。

「什麼，妳怎麼會在家，今天不是妳生日？我以為會有人約妳出去吃飯。」

「沒有啊，沒有人約啊，大概都忘記今天是我生日。」

「妳人緣那麼好，怎麼會忘記，應該是期末考的關係，大家被釘在家裡了。」

「我有收到一些卡片啦，也很高興你打電話過來，至少你記得。」

「生日快樂！」我趕緊說。

「謝謝你！」

「妳今天晚上真的沒有任何計畫？」我還是有點不相信。

「沒有啊，難道你要幫我慶祝嗎？」桑妮以俏皮的聲調問，讓我猶豫了一下。這陣子我們因為練舞的關係，成為密友，雖然還不到男女朋友，好像也不好只說聲快樂，就掛斷電話。

「那妳要出來嗎？我可以請妳吃點東西。」

「噢，我已經用過晚餐。這樣好了，你陪我散散步，怎麼樣？」

「散步？到那裡散步？」這我還辦得到，應該也不會耗費太多時間，只是少念幾頁書，如此而已。

「我搭車回學校，你陪我走一段路。」

「好吧，我陪妳散步。」

我們就這樣說定了，桑妮搭公車過來，我在站牌等她。

七點多她來了，下車的時候，還是笑盈盈的。她的現身總會為人帶來愉快，沒有一次令人失望。

「我們要到校園散步？」我問她。

「不是，我們要去走河堤，走河堤到青年公園。」

這很出我意料，河堤和青年公園從來不曾出現在我的活動範圍。但是今晚她是壽星，我沒有任何意見，順著她意，我跟著她走。走過大學口，穿進巷子，走到底，就上了河堤。

站上河堤後，我們並沒有立刻出發，站在原地遠眺。往前看去，河岸是一大片公園，但是燈光稀微，讓人感到寧靜而疏遠。抬頭整個天空黑漆漆的，只露著微弱的星光映對遙遠的一彎弦月。而一月微吹的寒風沿河而來，吻在臉上手上，冷出了冬夜的清寂。但我是喜歡這樣的情境的，彷彿外面的世界被隔開了並安靜下來，只剩我們兩個人，兩個人的對話和心情。

「我從來沒來過。妳怎麼知道這條路？妳走過嗎？」

「我的舊家在青年公園附近，小時候我走過幾次，但很多年沒走了。」

我們開始沿著河堤走，邊走邊聊。

「但我從來沒有在晚上走過，也好，看看不一樣的景色。」

「晚上看不到什麼東西啦，除了遠處燈樓和水面的流光。」我說。

「嘿，寂靜就是景色不是嗎？這是白天所看不到的。」

我聽完笑一笑，然後說：「如果是這樣，那孤獨也是景色，兩個人孤獨在一起的景色。呵呵。再講下去，我們可以寫詩囉。」

「很棒啊，在我的生日留下一首詩，我會永遠記得。」

「不行，我沒有那個才氣，寫不出來。」
「今晚在河堤上我們走過的足跡，就是詩的字字句句。」
「妳真的很感性。」我看著她，說出我的觀察和結論。
「感性不好嗎？」
「很好啊。只是我是讀工科的，偏向理性，所以跟妳想的比較不一樣。我比較實際。」
走在偏僻的河堤上，我會隨時注意一下前後有沒有陌生人靠近，我顧慮的是安危。但走在同樣一條路上，桑妮腦海中想的卻是唯美的情境。這大概就是理性與感性的差別了。但是很奇妙的，我們卻是很要好的朋友，否則桑妮不會要我陪她走這一趟路。

所以我的結論是，感性和理性未必是不相容，或者是說，我們的個性中還有某些東西是十分契合的，因此理性和感性之間的差距也就無所謂。然而，契合的地方是在哪裡，我並不是一下子想得出來。

我們把詩的對談擺下，讓桑妮回到地面，然後開始談些別的話題，像是我們所跳過的舞，還有跳過那些舞的人。

雖然我才只有幾個月的經歷，但已經深刻體認，跳舞因為肢體接觸和情感共鳴，比什麼運動都容易發展戀情。所以，舞社內每年都會有新的情侶成形。連我這種新生都看得出來，桑妮當然知道的更多。

我們都覺得很好，婚姻也是一場雙人舞。如果要跳得久遠，可以先借真實的舞蹈來尋找彼此共振的頻率和培養如影貼身的默契。

但在舞社裡孕生的感情未必都有好結果的。如果有人感情破裂，吵架了，接下來怎麼繼續戴著矯裝，面對面牽手共舞。所以必然以其中一方的退社為句點。我和桑妮都覺得遺憾，但這也是非常無奈之事。

我們算了一下，目前舞社中有三對半的情侶（其中的半對還不是很確定），而有一個男生因為沒追到他想要接近的女生，應該是失望地離開我們社團了。

這是真實的人生，友情和愛情沒有百分之百完美的劇情。

我們聊著天，穿過中正橋下，繼續往前走。

走了一段距離後，桑妮頻頻回頭看著中正橋，我覺得有點奇怪。

「中正橋有什麼特別的嗎？為什麼妳一直看著它。」

「不是啦。從我舊家出來，走上河堤，首先看到的就是中正橋。我只是在回想以前的印象。」

「它跟以前有什麼不一樣嗎？」

「沒有什麼不一樣，不過，這並不是重點。」桑妮停頓一下才繼續說：「你知道為什麼我想要來走這一趟路嗎？」我當然不知道，所以搖頭。

桑妮又沉靜了一下，好像需要整理自己心情，然後才說：「當年我媽懷我的時候，我爸爸發生外遇。我媽很痛苦，常獨自一個人來河堤走動，中正橋那麼近，她一直考慮要從橋上跳下去，乾脆一死百了。」

我感到震驚，突然想起那天晚上在新生大樓底下提到跳樓時桑妮的表情。

「但我媽媽考慮到她肚子裡的生命是無辜的，終究沒有選擇自殺，還是把孩子生下來。所以才有今天的我。因此我把河堤這段路視為我的生命之路。」

「我媽曾在這條路上猶豫，差一點這世界就沒有我。」

「在我的生日這天，來走我的生命之路。想想媽媽當年的痛苦，想想帶我長大的辛苦。對我來說，是很有意義的。你可以瞭解嗎？」桑妮說話時是看著我說的。

我該怎麼回答：「我瞭解。」真的瞭解嗎？我不是很確定。

但回答的時候，一種冰涼的感覺走過我的脊椎。誰的身後都可能有不同的故事，但今晚桑妮的遠比我所能想像的沉重得多。

「還好，妳媽媽沒跳下去。還辛苦的帶妳長大，妳媽媽一定很愛你。」

「沒錯，我媽媽很愛我。」

「也還好，妳媽媽沒跳下去。不然，我的卡馬倫斯卡就沒有舞伴了。」我試著讓氣氛輕鬆一點。

「唉呀，不會的。我沒跟你跳，別的女生會跟你跳的啦。」

「那味道就完全不一樣。」

「也許吧。」

我想多瞭解一點：「那你爸爸現在咧？」

「在我生出來沒多久，他們就離婚，我爸另外又娶了。所以，我從小沒有爸爸，是我媽一個人把我帶大的。」

「沒想到妳是單親家庭長大。可是妳看起來非常健康啊，完全沒有失親家庭可能產生的性格偏差。真的看不出來。」

「也許是我媽的關係吧，我非常感謝我媽。」

「你看我媽對我那麼好，對我的影響那麼大，將來我該怎麼做？」桑妮繼續講：「所以囉，即使將來我結婚了，我希望我媽跟我一起住，或至少住在隔壁。我一定要陪她到終老。」

顯然桑妮很愛她媽媽，這是她的回報。但是這也等於對她未來的另一半設下了條件，必須跟她一起接受她媽媽。追求她的人得考慮這一點。

「那妳在交男朋友時，記得要先講喔，免得後面人家知道了，打退堂鼓。」我是帶著開玩笑的語氣說的。

「我今天不是說了嗎。」

桑妮這麼說時，不像是開玩笑，我愣住了，一下子不知道如何來回話。她是在問我嗎？她真的是很討人喜歡的一個女生，如果我愛她，我會接受。但是我還沒有這樣的心理準備，我甚至無法確定已經在理性和感性之間找到平衡點。我還不想作答，所以直接跳過暗示，把話題叉開。

「看妳那麼受歡迎，應該有人追妳吧？」我退到旁觀者的角色去了。

「有喔。而且還不只一個。」桑妮含著甜美的笑繼續說：「但是來追我的，我沒那麼喜歡。而我喜歡的，卻沒有明顯的動作。」

「是喔，聽起來很精彩，很有戲劇畫面。」我也只能這樣回。

這時剛好走到了青年公園，也就是這趟路的終點，我們也就從河堤上走下來。

「改天有機會，我再跟你說。」桑妮在走下樓梯時說。

那晚我沒有多問她接下來的故事，桑妮也沒有聽到我給她的答覆。

下到平地後，我們必須走過馬路，到對面的站牌去搭車，晚上車子不多，但開得都有點快。基於安全考量，快步過馬路時，我不自覺的牽起桑妮的手，讓她安全地走在我身後，她沒有反對。我牽著她直到公車站牌才放手。

因為跳舞的關係，我常牽桑妮的手，所以沒有什麼異樣的感覺。但今晚在這裡的牽手的意義或許有點不同。這是基於美好的友情，還是有其他意涵，我自己都有點想不清。但今天是桑妮的生日，我想我的動作為今晚的美好安了一個完美的結束。

桑妮搭公車回家，我也回到了宿舍。要睡覺之前，我照例放了西班牙舞曲的音樂來聽，但在音樂聲中，我一直想著的卻是桑妮。我感到有點不安，但卻沒有辦法完全解釋這是為什麼。

期末考後就是寒假，大家返家過年。我和桑妮有通信，但沒有直接聯絡。等重新開學後，生命之路被擺到一邊去，不能說是遺忘，只是我們像往常那樣的學舞跳舞，繼續我們的社團生活，如此而已。

三月裡的某一天，下課回到宿舍，相公跟我說，我不在時接到我的電話。

「醫生找你。」相公說。

「什麼醫生？我最近又沒有去看病。」我說。

「那個人說，只要跟你說是醫生，你就知道。是個女的。」

「醫生？女的？難道是……」我跟相公要了她留下的電話，下樓去回電。

電話撥通後，接電話的果真是個女生，而她一出聲，我就聽出來，果真是她。

「醫生，是妳。」我說。

「是啊，是我。你怎麼樣，大學生活還好吧。我們快兩年沒見囉。」她也立刻聽出我的聲音，讓我覺得蠻開心。

醫生是我的遠房親戚，她的阿媽好像是爸爸的表姊。當年爸爸跟著軍隊來台灣時，舉目無親，只有這個表姊。所以，我小學，表姊還活著時，我們兩家經常來往。後來表姊過世，兩家雖然還是有聯繫，已經沒有那麼熱絡。前年大學聯考剛考完，放榜之前，我想去打工賺錢。當時醫生她爸剛好開了一家小工廠，爸爸說可以去他們家打工，所以我也就去了。

他們家的工廠比較像小型的家庭工廠，做的是裝有ＬＥＤ燈和電池盒的綁帶，綁在頭上或腰上會閃爍，是當時很新潮的一種隨身配件，專門出口到美國。工廠地點就在台中市的健行路上，我每天都是騎腳踏車去他們家工作。我在第一天就遇到醫生。

醫生大我兩歲，當時已經是台北醫學院的學生，只是暑假回家幫忙。她看到我時，笑著說，論輩分我是她的舅舅。我當然不好意思讓她這樣叫我，所以她還是叫我名字，我則暱稱她，醫生。

我們兩個的工作都是在生產線的中段，焊接板子上的零件。工作的時候，我們會打開收音機聽中廣「三至六立體世界」的流行樂，並一邊動手一邊聊天，時間很快過去，我們建立了非常好的感情。

一個月的打工結束後，我們說了，到台北再聯絡。現在她打電話來了。

「這裡好棒，學校很大，活動非常多。」我用有點誇張地語氣說。

「你在講廢話，讓人家羨慕死喔。」醫生講話很直接，可是我就喜歡她這樣。她繼續說：「是這樣的，我想請你吃飯，並順便商量一件事。」

「吃飯，要到哪家高檔餐廳？」我故意問。

「什麼高檔餐廳，就到我家吃晚飯啦。」

「喔，那也可以啦。」我裝著有點失望：「要商量什麼事？」

「好事，等你到了再說。」

然後她給了我木柵附近的住址，約好週五晚上見。她真正的家應該是在台中，我猜想這應該只是她在台北念書時的住處。

那天下課我就出發，搭公車加上走路，半個多小時後在一個小山丘旁的老舊公寓找到她家。按電鈴後沒多久，醫生就來開門。

進門後，我很意外的發現，她的爸媽正在客廳看著電視。

「阿桑，你們好。」我說。

其實我和醫生她爸是同輩，我曾問過爸爸要怎麼稱呼他，爸爸說直接叫名字就可以。但我總覺得這樣怪怪的，所以就用這個比較中性的名稱「阿桑」來稱呼。

「你好，你好，晚餐吃了沒？」

阿桑的臉圓圓的，身材有點胖，他的太太則是高高瘦瘦，感覺兩個不是很搭。但是我的印象中，他們到哪裡都在一起。他們對我很客氣。

我還來不及回話，醫生就出聲了：「他還沒吃啦，我請他到我們家，跟我一起吃。」

「是這樣喔，好，好。」阿桑說完後，便轉頭回去看著電視。我跟著醫生後面，走往廚房。

「老人家吃飯比較早，他們已經吃過晚餐了。」醫生跟我解釋。

「那我們要吃什麼好吃的？」我邊走邊問。

「吃餃子。」

「蛤，我以為至少有個三菜一湯。」我又裝著很失望。

「哎呀，年輕人沒做什麼大事，吃簡單一點啦。」她簡潔回我，知道我在開玩笑。

走到廚房，沒有看到餃子，但看到一盆絞肉和一盆高麗菜絲。

「什麼，餃子還沒好。」我很訝異地說。

「高麗菜絲我已經拌了鹽，幫我把水壓出來。」

「哇，我還是免費勞工哩。」

「什麼免費勞工，做好餃子，我就請你吃啊。」

我只能苦笑，但是我完全不介意。我們兩個來往，從那個夏天開始就是這副模樣。我就照著她的指示按壓高麗菜絲，直到大部分的水分都出來。一大盆高麗菜絲大概縮小到原來的四分之一左右。

然後，醫生把絞肉、高麗菜和切碎的細蒜末全放在一起攪拌，十分鐘後才把內餡做好。我們開始包起餃子。

我小時候常和媽媽一起包餃子，所以對我完全不是問題。而看醫生熟練的模樣，她大概過去也常做。但是我們兩個包的餃子完全不一樣。我包的是單邊多折，所以餃子會彎出個弧度，可以穩穩地端坐在盤子上。而醫生的則不然，她是兩邊壓摺，弄出漂亮的波浪狀，但是餃子會躺下來。餃子的形狀像每個人的人生那樣不同，但那不重要，內餡好吃最重要。

我們邊包餃子邊聊天，好像恢復當年一起在她家工廠焊板子的模樣，我有親切的感受。

「包多一點啊，我明後天的晚餐還要靠這個。」醫生說。所以我們把全部餃子都包完。包完餃子，煮好之後，我們就在廚房旁的餐桌坐下來吃。

「妳不是有事情要跟我商量。」我問，突然想起來。

「噢，對，差點忘了。事情是這樣的。」醫生繼續說：「去年我有接一個高三學生家教，是一個很可愛的女生。」「她後來順利考上輔仁大傳系，所以家教也就結束。前一陣子，她突然打電話給我，說她的微積分很差，問我能不能教她微積分。」

「大傳系幹嘛讀微積分？」

「我哪知啊，也許是會計學什麼的需要用到。」醫生回我。

「那妳就繼續教就好啦。」

「這就是問題了。以前她念景美女中，離這裡不遠，所以她是來我這裡上家教。可是上大學後，她搬回家住，她家在大直耶。離這裡太遠了，要轉兩趟車，而我功課也很忙，不大可能到她家去教她。所以，我才想到你。」

「我那兒離大直也很遠啊。」我說。

「不是一趟公車就可以到嗎？」

「話是沒錯，但是要坐很久耶。」想到那麼遠，我的意願有點低。

「喂，年輕人勤快一點啦，而且也不會有幾次。你現在有家教嗎？」

「有啊，一週兩次，每次兩小時。」

「多少錢？」

「一個月三千元。」

「我那學生家境算不錯喔，去教她微積分，一次一千元，如何？還不賴吧。去她哪裡三次就相當於你現在家教一個月。」

「聽起來還不錯。」我有點動搖。

「至少看在錢的份上，去教她吧。她們學的微積分對你們這種工科的來講，一定是小case。」「還是你嫌錢太多。」

「不，我需要錢，我很需要錢。」我很肯定地說。

我和醫生的對話很直白，人的一生中遇不到幾個人，講話可以那麼坦率而毫無顧忌。我很高興，她會在這時候想到我。而我想她也知道，我無論如何也不會拒絕她。

那個晚上結束時，醫生把學生的姓名和住址寫給了我，而且在我出門時對我說了。

「錢很多，學生蠻漂亮的，說不定你還會感謝我。」

「哈哈哈，就算妳把我賣了，我都會感謝妳的。」

我把寫有住址的紙條握在手裡，臉上帶著笑，開心地跟醫生揮手說再見。

四、微積分一點都不難

四月的一個禮拜天早上，我第一次到曾宜靜的家。是醫生事先幫我約好的。

她家在大直北安路的一個巷子裡。我走進大樓的門廳時，跟管理員說明來意，他示意我搭電梯到六樓。六樓只有兩戶，我按了左邊那戶的門鈴。

不一會兒有人來開門，是一個年輕女生。

她的面容看起來很秀氣，不是那麼白，但很乾淨，所以也就不需要化妝。她的眉有個漂亮的弧度，下面是明亮的眼睛、挺直的鼻和厚度剛好的唇。而最顯眼的卻是她斜分前髮上的黑白條紋髮帶，使留著短髮的臉顯得清爽俏麗。

「你是莊老師嗎？」女生稍微牽動嘴角，幾乎讀不出笑容的微笑。

「妳是曾宜靜？」

「我是。莊老師，你好！」她講話慢慢輕輕的，不是很熱情，但是讓人感到溫柔。

於是，我走進玄關，換了拖鞋，跟在她背後走進客廳。

「不要叫我老師吧，我也只高妳一屆。」我說。

她回頭來看著我：「噢，那要怎麼稱呼呢？」臉上有點疑惑。

「叫我名字吧。如果不習慣，不然，叫學長也可以。雖然不同校。」

「好的。學長。」

她們家客廳連接著餐廳，所以整個看起來很大。我們走到餐桌旁坐下，餐桌上早就擺著紙筆和一本教科書。我的另一個家教，也是在餐桌上教學生，上課時家長會到臥室迴避。

「妳爸媽在嗎？」我第一天去上家教時，是先跟家長談完才開始的。但今天這個狀況，我不是很確定。

「我爸媽出門去爬山，我們家就我一個人在。我都念大學了。」宜靜露出一個很有趣的笑容。笑容是表示，她已經長大了可以自主呢？還是她剛剛才發現她孤身在家，讓一個從未見過面的陌生男子進來？我不知道。但是我覺得這笑容透露了她的純真。

「我是妳以前家教老師的遠親，她說過吧？她有沒有提到我的學校，我唸的科系？因為我是讀工科的，微積分是基本課程，所以她找我來幫妳上課。」我沒有想到她是一個人在家。如果是這樣，我得多介紹一下我自己，才能讓她感到安心。

「有，家教老師全部都有說，而且還說，你是她的『舅舅』。」

我大笑出來。醫生還是挺幽默的，這樣介紹我。因為我笑了，宜靜跟著笑，所以氣氛變得比較緩和，兩人比較能夠接近。

既然輕鬆了，我沒有直接上課，先從問題開始。我問她有關於大傳系的一些事情，也問她對我的背景和學校有沒有什麼感到興趣的，有點像在交換我們的大學生活經驗。大約十五分鐘後，對彼此都有某種瞭解後，才開始上課。

她們系所用到的微積分果真比我們的簡單許多，對我來說，沒有什麼難度。但是要把那些數學符號所代表的意義解釋給一個文科的女生聽，就沒有想像中容易，而且解釋完，還得教她如何解題。還好，內容不多，但時間很長，我可以慢慢講。

兩個小時很快過去，我覺得宜靜大概也很難一下子消化太多，剩下的就留到下一次。在結束前，我們又開始聊天，還是聊大學生活。

「你有參加什麼社團嗎？」宜靜問我。

「土風舞。」我簡單的回答。

宜靜眼睛睜得斗大：「什麼，看不出來你會跳舞耶，你喜歡跳舞？」

「說來話長，我大一沒有參加任何社團。大二因為一位跟我很熟，在舞社擔任幹部的學長遊說，我才開始跳舞的。」

「跳舞好玩嗎？」

「還不錯啊，學會很多舞步，而且，因為在眾人面前表演，也可以訓練自己的膽量和技術。」

「哇，要我表演我就不敢了。哪天你可以跳給我看看嗎？」

「也許可以吧。」我笑著說，含混的帶過去。

要結束前，宜靜站起來走到房裡頭。過了一會兒，她手上拿個粉紅皮製的小錢包走回來。她從裏頭掏出一千元紙鈔，直接就遞給我。我有點嚇了一跳。

「妳就這樣直接給我錢啊？」

「不然咧？」她張著疑惑的眼睛，仍舊有著她特有的純真模樣。

「我家教費通常是家長付給我的，我從來沒有從學生手中拿過錢。」我感到有點不習慣。

「什麼，難道你要我去找我媽回來付錢給你嗎？」

「不，我不是這個意思。」「不然，好歹妳去裝個信封吧。」我只是覺得伸手到學生手中拿錢有點奇怪。教書又不是買賣。

「喔，好吧。」

宜靜又到旁邊的櫃子裡去找了找，好不容易找到一個空白的信封，把一千元放進去。然後，雙手拿著信封給我，有點調皮的說：「這是束脩。」

我又笑了出來，覺得她真是可愛。我們約好了，兩個禮拜後要再上課。

第一次上課的感覺還不錯，就像醫生所說的，宜靜是個很聽話的學生。而我也預期接下來的課應該也會很平順。下樓後我找到回程的公車站牌，搭公車回去。今天花了兩個多小時搭車，這是唯一不理想的地方，也只能忍耐。

舞社的重頭戲在上學期是「新生觀摩」，下學期就是五月校園公演的「花城舞展」了。因為是對全校公開，後者顯得更加重要。所以，我們幾乎是一開學就開始規劃。

我跟學長討論我的選舞，他是建議乾脆延續之前的東歐舞風，跳〈華貝克〉。這是一首快節奏的烏克蘭舞曲，男生有很多的跳躍和掃腿的動作，我考慮一陣子後接受了學長的建議。至於舞伴，我沒有再找桑妮。一方面覺得桑妮柔軟的身段和甜美的笑容適合跳柔美的舞蹈。另一方面比較深層的考量，我已經去年跟她跳過新生觀摩，平時也經常跟她搭配學舞，如果連公開表演也是一起，大概所有人都會認為我們是新添的「社對」。即使這根本不是我們的本意，而我也還在思考自己與桑妮的關係，並不打算太早做決定。

我找了怡君學妹當我的舞伴。怡君是一個高個兒，非常爽朗的女生，往往人還沒出現，就先遠遠的聽到她的笑聲。當我去問她能不能一起跳時？她很興奮，開心的說：「哇，我可以藉這支舞好好減肥。」我實在覺得好笑。她已經夠苗條了，哪需要減肥。其實不只是她，舞社裡每個女生都很苗條。一天到晚跳舞，怎麼胖得起來，可是女生間最熱門的話題還是減肥。唉，男女生怎麼差這麼多，我周遭所有的男同學跟我一樣，比較多的時候是煩惱吃不飽啊。

我和怡君練舞不再去新生大樓，我也不想再提「自殺」這種話題。我們儘量用活動中心寬一點的走廊或走道，當然會儘量選擇人少的時候。我們練的過程曾經發生一段小插曲。這支舞裏頭有段是女生的連續旋轉，那天晚上怡君在練時，不小心轉偏了，腳去撞到旁邊的階梯。她痛得哇哇叫，我則緊張萬分。如果她真的受傷，已經很靠近舞展了，不可能另外找人練，就只能取消。還好，那天送她回宿舍休息，一週後她說沒有問題，可以繼續。

這是第一次我感受到，保護自己是那麼重要，尤其是一個舞者。辛辛苦苦練一整年的舞，臨上場前受傷，會讓一切努力成為幻影。於是，從怡君受傷到舞展之前，為了保護手腳，我儘量只在宿舍、教室和活動中心間移動，沒去跑步、沒去打網球，甚至連校門都沒踏出一步（只有家教沒停，有現實的困難）。我想，追求夢想總是要付點代價。

我甚至把去宜靜家的第二次家教日期也延後，但她可以理解。

結果，舞展很順利，滿場的觀眾，熱烈的掌聲，大家都很滿意。當晚幕落之後，脫卸舞衣和裝扮，大家還簇擁著一起到台一冰店去慶功。我們都處於一種極度興奮的狀態，所以沿路喧嘩，不知情的路人一定覺得側目。也許這就是年輕的特權，即使只是足尖上的一點小成就。

吃完冰後，大家陸續離開。有些人騎車，有些人搭公車，有些人回宿舍。我有點猶豫。我是想送桑妮去搭公車的，舞社裡她跟我的交情最好。但今天晚上我的舞伴是怡君，所以我最終選擇加入宿舍群，幾個住宿的男生送女生回宿舍。在互道再見的時候，我瞥見桑妮看我的目光，裏頭彷彿有種意外或者是失望的表情。我趕緊別過頭去，跟著其他人走了。

因跳舞而結合的人，彼此之間的感情像起落的海濤。當我們為表演而練舞時，感情像緩緩升起的波浪，直衝到最高點。但只要表演一過，感情也會退潮。在巔峰上太美好，所以就容易在退潮時感到惆悵。

我對桑妮時有這種感受。

舞展結束之後，一切恢復正常，那個週日早上，我又搭了很久的公車去大直。

第二次碰面，宜靜換了條紅黃橘的繽紛髮帶，顯得比較熱情，我們也熟絡許多。

上課沒有什麼問題，我感覺好像是在教一個小學生讀中學的文言文一樣，就是慢慢講，反覆解釋，遲早會領悟。

上課過程中，我們偶而也停下來聊天。她就問我，有沒有聽過一個學生叫「周華健」的，聽說是我們學校吉他社成員，唱歌非常好聽。她想說歌和舞分不開，我既然跳舞，應該也知道這個人。結果我完全沒聽過，在我的音樂字典裡到目前為止，還只收納著古典樂。

不過，在她強力而淘氣的表情要求下，我倒是表演了一小段俄國舞的點踢連續動作給宜靜看。

她皺著眉，嘟著嘴，搖著身子，一直說著：「表演一下給人家看啦！好啦，好啦，好啦。」非常可愛的模樣，我實在很難拒絕。

第二次家教結束，到了六月，期末考前，我再到宜靜家，幫她複習。這應該就是最後一次。

當天進到客廳後，我發覺有點不一樣。因為餐廳的餐桌上堆了許多的青菜，我猜應該是她們家人一早去市場買回來的。

「我們是不是要先把這些菜都搬到旁邊去，上完課再搬回來。」我說。

「噢不，我們今天在我的房間上課。」宜靜回我。

我沒有什麼意見，在哪裡上課應該都一樣。所以，跟著她走進房間。

她的房間有一張大床，鋪著白底碎紅花的棉被，但枕頭套並不同款，而是飾有卡通動物的枕頭。床的左側有一張完整的書桌，兩個人坐應該沒有問題。除此之外，就是衣櫃書架，另外地上也擺了幾堆的雜誌和書。

「我的房間很亂，不好意思。」她說。

「如果妳這叫亂，那麼我們宿舍那些房間都是垃圾場。」

宜靜笑了。

書桌的另一邊有一面窗戶，因為是開向大樓的後方，所以很安靜。現在還在早晨，斜斜的天光透進來，讓這個淺色調的房間迷濛著淡淡的亮光。這是很舒適的一個房間。

我和宜靜走到書桌旁，坐下來上課。今天已經沒有進度，只是讓宜靜問問題，而由我來回答。宜靜的問題也不多，所以，問題和問題之間，我們就會聊天。

宜靜是一個很好的傾聽者，對我講的任何事情都有興趣。我講學長在宿舍打麻將對我造成的困擾，講一個同學發神經突然想騎腳踏車去基隆，也講隔壁室友到外面餐廳吃飯，在餐盤底下看到一隻大蜘蛛。宜靜的表情有時驚奇，有時擔憂，有時開心，也不斷的變化著。但她跟桑妮完全不一樣。桑妮的反應飛快，我話還沒說完，她的表情已經完全反應。但宜靜不同，她總是先插入個四分之一拍的休止符，然後容顏表情才跟上情境。但不能說是慢，而是，即使是要顯現自己的情緒，也習慣表達得很溫柔的樣子。

大概到了十一點半，外面突然傳來聲音。有人拿鑰匙開門。

「咦，妳家有人回來了？」我說。

「可能是我媽和表姊，她們爬山提早回來了。」

我繼續上課，專心回答宜靜的問題，但我可以感覺到，回來的人到了廚房去，有些挪鍋沖洗的聲音傳進來。

「中午時間到了，可以留下來吃飯嗎？」宜靜問我。

我在家教學生那裏教完書，家長都會留我吃點心，有時候是咖哩餡餅，有時是鮪魚三明治，有時是一盅小小的海鮮麵。我很習慣，也會跟家長聊一下。但今天這樣的安排，第一次跟家長見面就一起吃飯，比較特殊一點。但上個月我才在舞台上表演過舞蹈，四面八方都是目光，我都可以承受，當然也就沒有什麼可以讓我擔心的。

「如果不會太麻煩的話，好啊。」

曾媽媽是個很溫和多禮的婦人，簡直是跟宜靜一個模子刻出來的。不，正確的說法是，宜靜的所有人格特質其實就是來自她媽媽。所以，我跟宜靜之間是如何互動的，也就完全適用在曾媽媽身上。而宜靜的表姊則是一個帶著深度近視眼鏡的圓臉女生，聽她和曾媽媽宜靜講話的親暱模樣，顯然她們就是一起生活長大。

我們在餐廳的長桌落坐，曾媽媽和表姊同邊，我和宜靜一起，中間就擺著今天的午餐，一個大火鍋。

可是午餐開始沒多久，我就發覺有點奇怪，她們不叫我旁邊這個女生她的名字，而是一直叫她，什麼「扣」的。

我低聲問一下宜靜：「她們都叫妳什麼？好像不是妳的名字。」

「噢，我爸媽小時候受過日本教育，會講一點日語。他們習慣叫我『靜子』，也就是日文的しずこ（ShiZuKo）。」

「原來如此，靜子，這個名字還跟妳蠻搭的。」

「老師，我們靜子好教嗎？我們這小孩就學得比較慢一點。」曾媽媽問我。

「不會啦，我講的，她都聽得懂。」

「我不會比較慢啊，如果會，也是妳遺傳給我的。」宜靜抗議說。溫和的抗議，還有點撒嬌的味道。

「靜子很聰明啦，考得上輔大大傳系也不容易。不過，老師的學校更好。」表姊接腔了。

「沒有啦，我只是比較會考試，運氣又好而已。」

「老師很客氣。希望靜子被你一教可以進步很多。」曾媽媽說。

「我只是教微積分，希望她可以順利過關。」

「什麼微積分的，我們就完全不懂了。」表姊說。

「就是一種數學啦，工程上比較常用的數學。」

「喔，數學那跟我就沒緣啦，我現在就只會打打計算機而已。」表姊笑著說。

「老師，念書很忙喔，有沒有做什麼其他事？」曾媽媽問。

「他跳舞，而且還跳得蠻好看的呦。」宜靜看著我說，還帶著微笑。那樣子好像她是帶個同學回家，而不是家教。

既然她都提及了，我只好把我參加舞社的故事再講一遍。我說，基本上當它是一個有益身心的韻律運動。

「哪天也可以教教我們靜子囉。」曾媽媽說。

「好啊。」我這麼回答時，心裡是有個疑問的。今天是最後一次教微積分，難不成將來要教土風舞嗎？不過，我看著身旁的宜靜，因為火鍋的水氣而顯得紅嫩的宜靜的臉，我總覺得我們應該不會就此斷了聯絡。

這是一次非常溫馨的午餐會。雖然我只是配角，負責接收問題，並適度的回以可供爭吵的材料，然後看著她們你一言我一語爭來爭去。我深深地感到一種感覺，一種自從我北上就學後，好久沒有體會的家的感覺。

午餐結束後，宜靜送我出門。在大門口，她突然跟我說：「如果我的微積分可以過關，我就請你看電影。」

我愣了一下。長這麼大，我從來沒有請過任何一個女生看電影。但這一次，是第二次要被女生請客。

「好，那妳要加油喔。暑假我們一起去看電影。」說完後，揮揮手我才搭電梯離開。我想我們應該有機會再見面的。

然後再來就是期末考了，宜靜得考，我也得考。

在期末考前，最後一次舞社活動結束後，一起收拾東西時，桑妮問我能不能陪她走到站牌去，有些事情要跟我討論。我當然沒有問題。陪桑妮走一段也好，上學期我們常在一起跳舞，這學期因為各別練舞的關係，反而碰面聊天的時間少很多。於是，我們一起沿著椰子樹旁的小徑走出去，邊走邊聊。這時已不見五月的杜鵑繁花，取而代之是頭頂的火紅鳳凰木。時節變換，從來不曾停歇。

「一年過去了，時間過得好快。」桑妮感嘆說。

「是啊，好像昨天還在準備新生觀摩，結果今天花城舞展已經落幕。妳也覺得時間過得很快喔。」

「大學生的生活好像過得特別快，一下子去掉一半了。」

「也許是活動塞得滿滿的關係，沒有時間多回想。」我說。

「我們這學期好像很少一起跳舞。」桑妮眼光轉到我身上。

「因為舞展我們選了不同舞，分開練舞啊。不過，沒有關係，我們不是要一起負責暑假對外的土風舞班嗎，接下來我們有很多機會一起帶舞教舞。」

前陣子社內開會討論，要舉辦暑期的對外土風舞班，要找四個人負責。因為桑妮家在台北，而我有家教不能回台中。所以，我們兩個自願參加。

「說的也是。」桑妮停頓了一下才繼續說：「除了暑假班之外，你想不想多學點舞？」

「當然好啊，什麼樣的舞？」我很直覺的回答。

「我在去年的校外聯歡，認識一個陽明醫學院的學生。在那次聯歡中，有一支華爾滋，我們一起跳。但他沒那麼熟，我完全不會，所以跳得亂七八糟。可是我很喜歡那支華爾滋。那個人說，他會回去練，等練好了，再來教我。」

「最近那人跟我說，他練熟了，而且期末考後，他有時間，問我要不要學？」

「那很好啊，妳可以學妳喜歡的舞。」

「但是我們社內必須也要有男生會跳啊，不然，只有我會，也跳不起來啊。」

「妳的意思是，要他教我們兩個？」

我沒有料到是這樣的安排，居然是校外學生要來教我們。我猜他願意這樣做的原因，應該是因為桑妮。

「他不介意嗎？要麻煩他跑來我們學校教舞。」

「他是個很Nice的人，他不會介意的。」

「喔，好吧。」我說：「他人這麼好，為什麼要這樣做，是不是因為他對妳有意思啊？」

「喔，原來如此。妳要我幫忙評估一下他是不是合格，是嗎？」我是開玩笑的。

「你以前不是問過我，有沒有人追我嗎？他是其中之一。」

這是很自然的推測。

「亂講，就只是學一支我喜歡的舞，如此而已啦。」

桑妮找她的追求者來教她和我跳一支華爾滋，這樣的三角關係是有點奇特的。原本他們可以兩人一起練，追求者還可以藉這個機會接近桑妮。她卻把我拉進去，我們會因此認識彼此，桑妮這麼做有什麼特殊的意圖嗎？我一時想不清楚。不過，我也不想想清楚，只打算當它是一堂單純的學舞課。

桑妮去訂了活動中心二樓211鏡室，時間是暑假開始第一個星期二的下午三點。一個炎熱的午後。

我們約在活動中心門口。我和桑妮先到，最後到的是她的朋友。

「這是我的一位好朋友，郭家源，他現在念陽明醫科。暑假好不容易有時間，今天要麻煩他教舞。」桑妮同時也把我介紹給郭先生，說是社團同學。

這位郭先生戴著黑框眼鏡，理著小平頭，從他的穿著、舉止，甚至談吐，怎麼看都不像是個常跳舞的人，缺少像桑妮那樣的奔放熱情。

我們簡單寒暄之後，就走到二樓的鏡室。這是我第一次使用這個狹長，一面有著落地長鏡的練舞室，大約只能容下一二十人的大小。

「這首曲子叫〈寇西卡〉，英文是Corsica，指的就是法國的第一大島，科西嘉島。」郭先生說。

桑妮曾跟我提過曲名，但我一直記不得。

「原曲是由一個法國女歌手唱紅的，歌曲的內容描述即將離開科西嘉島的人對島上生活的追憶與懷念。不過，我們的舞蹈音樂沒有歌聲，只有音樂，但即使如此，還是非常優美的一首曲子。」

「這是一首快速華爾滋，有華士轉，有好幾種不同的男女姿勢繞圈、反繞圈，如果沒有練得很好，很容易會跳得手忙腳亂。」

「我們先聽聽音樂。」

郭顯然是有備而來，而且一字一句講得非常清楚，讓人感覺他一定是個邏輯清晰的人。他放了音樂，當桑妮聽到音樂，忍不住跟著節拍動了起來，搖擺身體，時而旋轉，時而停住，大概也是在回想。臉上是陶醉的模樣。

接下來，郭和桑妮跳了第一遍給我看。郭的動作非常熟練，但桑妮即使在他提點之下，仍舊一直出錯。但絕對不能怪她，因為連我都覺得這首舞有難度，要練熟得需要一段時間。

然後，改由我和桑妮搭配，郭在一旁指導。

「第一段有十六個三拍，分成前八個和後八個。前八個三拍是，華士步前進倒退四個，男女繞圈四個。後八個三拍是，四個華士轉，再接四個男女反繞圈。」

我有點懷疑郭是不是經常在教舞，怎麼有辦法講得那麼清楚。但即使口令如此明確，我還是無法立刻學會，偶而還是會出錯。但郭很有耐心，不斷的數著拍子，提醒我什麼時候該轉，什麼時候換姿勢。

大約練了一個多小時後，外面烏雲遮日，突然下起雨來。舞室內的光線也因而變暗。但這並不影響我們的練舞，我們愈跳愈好了。

因雨而浮晃的天光，投在磨石子地板，反射在長面鏡子，加上優美的音樂，使整個舞室變得有如迷離幻境。而我牽著桑妮，踩著三拍子節奏輕移舞步，不斷地繞圈、華士轉。我看著桑妮帶笑的臉（而我經過一年訓練後，也可以自然地笑了），我們就好像快樂的戀人飄浮在旋轉之中，突然想到這不正是所有跳舞之人所追求的，最美好的一刻嗎。擁抱著喜歡的人，在彷彿只容兩人的世界裡親密共舞。是的，在我記憶所及，在所有熱情舞蹈的時刻中，那是最完美的一刻。

最後，我們終於練熟，音樂停下來，而那幻夢般的情境也跟著消失。我回到現實，桑妮也停下旋轉。這段美好居然是我舞伴的追求者送我們的，我有點錯亂之感。

練完舞後，我們一起下樓吃自助餐，郭說什麼都不讓我和桑妮付錢，所以還是各付各的。吃完後，我們才一起離開。

活動中心外面，雨早就停了，天地還給夏日的暑熱。已經暗下來的天空，被大雨給洗淨，平常躲著的星子一顆顆冒出來。

走過振興草坪旁邊時，桑妮興奮的說：「哇，今天的天空好漂亮，好難得。」

「是啊，而且雨後空氣也變清新了。」我附和。

「捨不得走耶。」桑妮說完，立刻跑去用手著實的摸一下草坪。

「草坪乾了呦。」她說：「要不要我們在這裡坐一下，看看星空。」

我和郭都沒有意見，三個人清理一下草面，就坐了下來。我和郭分坐桑妮的兩側，繼續我們原先的話題。

「要不要我們乾脆躺下來，這麼棒的天氣，躺著看星星一定很舒服。」

桑妮說完，真的就往身後躺下去。我愣了一下。我是瞭解她的，她是那麼隨興的一個人，我對她的想法和做法，完全不會覺得奇怪。雖然猶豫了一下，還是跟著躺下去。我側看桑妮興奮的臉，再抬頭看著廣大的星空，真的令人感到無比的舒爽愉快。這是桑妮挑選的浪漫時刻。

「你要不要也躺下來看看？感覺很棒喔。」桑妮對著仍然坐著的郭說。

「不用啦，我這樣坐著欣賞就可以了。」

沒想到郭這樣回答，讓已經躺下去的我和桑妮有點小尷尬，但桑妮也沒有勉強他。顯然每個人對浪漫的接受程度並不一樣。所以，三個人裏頭有兩個躺在草坪上往上看，而瑰麗的星空被一個孤坐著的人的背影遮掉一小塊。

郭在想什麼呢？我心想。很顯然他願意為桑妮做任何事，但卻不願意陪桑妮躺下來。他是有他無可妥協的原則，還是因為有我在，不想顯露太多的感情？他究竟有沒有要追桑妮呢？他今天教了我一支舞，我還沒有任何感謝，是不是我該先離開，還他一個機會？我心中有些疑問，但沒有人可以回答，我必須自己決定，而我也做了決定。

我們繼續談笑一陣子，仍舊保持著二低一高的有趣姿勢。

然後，我跟桑妮說了：「我室友跟我有約，待會兒需要我幫忙，所以必須先離開。」

桑妮爬起來，恢復成坐姿後說：「好啊，沒有關係。」

我越過桑妮跟郭說：「同學，你真的很厲害，教得非常好。謝謝你。有機會歡迎你常來我們學校。不好意思，我有事必須先走。」

郭很客氣地回我幾句後，我就離開了。該給別人機會的，我想。

至於我走後，他們兩個是坐著，是躺著，還是發生什麼事，我就不得而知。但是我永遠記得，那支夏日午後美好的華爾滋。

暑假第二週，宜靜就跑來了。因為她的微積分雖然低分，但是過關了，她很高興，跟我約要看電影。由於她也想順便逛逛我們校園，所以就約來我們學校。

她說要去看楊惠姍主演的《玉卿嫂》，剛好在大世紀戲院上演，從校門口過去只要五分鐘。但是，我沒有讓她付錢。我都收了「束脩」，怎麼可能還讓她破費。

電影是一齣悲劇，戲尾女主角殺了自己所愛之人，再自殺。當然這過程中，女主角有許多的情緒掙扎。宜靜看完後說，女主角演得好，把情慾戴在臉上，演出一個民初婦女的內心轉折。宜靜的數學很糟糕，但對文藝方面倒是有相當的興趣和專研，聽她講電影、繪畫、文學之類的，我很難插嘴，只能當聽眾。不過，我跟她說，床戲那部分聽說有被剪掉。我不懂得電影分析，只注意到床戲。她回頭，睜著大眼看我，含蓄的抿著嘴笑，模樣一貫的可愛。但我不知道她的笑是因為床戲？還是因為我的電影知識跟她的微積分一樣的貧乏？

電影結束後，我請她到大聲公粥品店吃晚餐。這家餐廳適合不想吃太多的女生。果然，宜靜喜歡我推薦的狀元及第粥。

「這粥很好吃，很棒的廣東粥。你常來吃嗎？」她說。

「今年第一次來。因為妳，才來這兒。」

「為什麼？」

「好貴，吃完又容易餓。通常我會選擇吃隔壁比較便宜的鳳城燒臘。對男生而言，填飽肚子比較實際。」

「鳳城燒臘，那下次我跟你去吃看看。」

「比較油一點，我不確定妳會喜歡。」

「可以啦，我想吃吃看你常吃的東西是什麼味道。」

「呵呵，我最常吃的是自助餐啦。」

因為宜靜的要求，我說下次再帶她去吃鳳城燒臘。

吃完飯後，我們到校園散步，沿著椰林大道往裡走。我跟她介紹，這是總圖、文學院、行政大樓、工學院。幾乎每棟建築，我都可以說點故事。最後經過上週才躺過的振興草坪，來到活動中心。宜靜說，想看我跳舞練舞的地方，所以我帶她走上二樓。

剛好今晚有其他社團在使用舞室，我們不能進去，所以我帶她走到走道的盡頭，口琴社社辦門口，那兒擺著幾個舞社專用的櫃子。我打開號碼鎖，從櫃子裡拿出一本最近的相簿，翻出一些活動照片給宜靜看。

照片不多，只是存檔用。花城舞展的照片因為都是遠攝，看人都不是很清楚，但是新生觀摩是社內活動，人物就可以照得很近很大。我指著其中一張，我跳卡馬倫斯卡的照片。

「這是我。我在妳家就跳過這支舞的片段給妳看過，記得嗎？」我說。

「記得。」宜靜說：「跟你跳舞的女生長得很漂亮呦。」

「她叫桑妮，不只漂亮，她很熱愛跳舞，個性又好，很令人喜歡。」上週我才在這裡跟她練了一支華爾滋，考慮了一下，但沒說出口。

「她是你的女朋友？」宜靜突然抬起頭來看著我問。

「不是。我們很要好，但只是舞伴，不是男女朋友。」我從來沒有仔細考慮過這個問題，事實上是抱著鴕鳥心態迴避。但此時宜靜問我，結論很自然地就脫口而出。這樣也好，人總要面對真實的自我。

宜靜沒有多問，眼光平靜地回到相本上，但我覺得有種淡淡的轉折從她臉上一閃而過。我們繼續翻看照片一陣子後，才把相本擺回去，離開活動中心。重新走過椰林大道時，天空有稀星閃爍，沿路花圃寂然恬靜，沒有平常舞後的激昂，只有來自宜靜身上的甜香和夏日晚後的陶然。在感覺美好的情懷中，我送宜靜去搭車。

「我覺得你們校園很棒，我以後還要再來。」等車時，宜靜這樣說。

「沒有問題，隨時歡迎喔。」

「我可以寫信給你嗎？」她突然問。

「當然可以，看妳有什麼微積分問題，儘管寫來，妳考不倒我的啦。」我笑著回答。

「不要嘛，簡直是惡夢，不是微積分啦。」

「呵呵，我知道，跟妳開玩笑。妳要談什麼都可以，文學、藝術，也許要換我當學生囉。」

宜靜笑了，我也跟著笑。和宜靜一起，好像是在跳一隻沒有舞步的舞，我不需要謹記任何舞序，完全沒有壓力。我怎麼動作，她就自然地跟上我左右。可以這麼說，和她在一起的夜晚，沒有激情，但令我感到平靜而開心。

「你可以叫我，靜子。我們家的人都是這麼叫我的。」

「靜子。」

「嗯。」

「好，以後我就叫妳，靜子。」

微積分考完之後，她就不再是我的學生了。但她沒有消失，轉換成靜子的角色，她特有的溫柔和可愛充滿魔力，在我心中像氣球似的，正一點一滴的漲大。

五、關渡在往淡水的路上

開設暑期班，一方面是為了推廣土風舞，另一方面也是要為舞社籌措額外的活動經費。為期八週，每週六下午兩小時，教兩首舞，收費三百元。

我們幾週前就畫了海報，張貼在校園四處，效果不錯，開班之前已經有三十多位校內校外的人士報名。

雖然由四個同學一起負責，但桑妮大概事情多，第一次上課就請假。不過，也沒有關係，教舞主要由我和弘易兩個住在宿舍的男生負責，女生只需要協助。

開班很順利，我負責教第一次的兩支舞，分別是〈戈蘭高地〉和〈歸來的遊子〉。都是單人舞，兩支舞都不難，先讓學員習慣主要的基本步。

第二週換我當助教，在一旁協助指導學員。第一首還是單人舞，但第二首就是雙人舞〈美憶〉了。這是一首旋律優美節奏緩慢，但沒有華士轉的華爾滋，很適合初學者。

要學之前，男生先邀請舞伴。但因為女多男少，如果是兩個女生結伴來上課，只好其中一人當男生。我注意到旁邊有一個女生落單，應該是沒有同伴。環視一下，也沒有其他男生了，所以，我就過去邀她。這也是助教的工作之一。

「你是上週教舞的老師。」那女生說。

「對。那妳還記得我教的那兩首嗎？」

「真糟糕，我忘掉了啦。」女生露出有點尷尬，但很可愛的表情。她穿著牛仔褲和橘黃色寬鬆的T恤，最引人注意的是她及肩的長髮，髮端是捲的，燙過的模樣。而半遮在瀏海和長髮底下的小圓臉，搭上高度剛好的鼻子和薄唇，笑起來很甜。

「沒有關係，待會兒我們會複習，多跳幾次就會熟了。」

然後，我牽起她的手，按照教舞同學的要求，準備練雙人華士步。

因為這首舞我早就滾瓜爛熟，所以我只是扮演活動人形，讓她在學舞過程中可以對位而已。而她學得很快，似乎是有舞蹈基底的模樣。

半個多小時後，教舞結束，放音樂正式跳。

其實這是一首叫做〈Try to Remember〉的老歌，音樂優美得像夏日微風，而我已經可以用反射神經來走舞步。所以，我把全部精神集中在對面女生的舉手投足。這個女生表情很多，跳錯舞步時，會吐著舌頭露出靦腆模樣。華士步繞圈時，又換上一副陶醉的表情。在優美的音樂中邊跳舞邊欣賞她的「多情」表現，是蠻有趣的一件事。本來跳舞就不只是走舞步而已啊，有時候跟舞伴的美妙互動也是很值得享受。總之，她給了我深刻的印象。

音樂一停後，我們放開手，一切就都復原了。剛剛女生送我的那種新奇有趣的感受也不見了，她是學員，我又成為助教。

但下次再來時，我就記得她了。我看過登記冊裡的名字，她叫邱曼萍。

我會特別注意她，當她跳錯時，給她提醒。她當然很高興，有個助教在一旁協助，讓她更可以享受跳舞的樂趣。

有一次上完課，我收拾完要離開，在活動中心樓下卻看到她還在那裏。也許是上廁所或有什麼事耽擱了，所以，我就問她要不要一起走出去。她說，好啊，反正這個時間她也沒有什麼事。

我們就順著椰林大道走，邊走邊聊。已經見過幾次面，又牽手跳過舞，算是朋友，雖然是先親近，再漸漸瞭解。她告訴我，她是外校生。

走到一半時，她突然問我：「我記得你們學校有個湖，在哪裡？我來了幾次，從來沒看過。」

「妳是說醉月湖。我可以帶妳過去看，離這裡不遠。」

於是，我們就右轉，走過腳踏車棚和小福利社旁邊，走往化學館後面，越過一片草坪，就來到湖邊。這時候天還是亮的，湖面映照著天空，波光粼粼。但除此而外，沒有什麼特殊的美麗景觀。

「這就是醉月湖，怎麼樣？」我說。

「喔，好像沒有想像中美耶。」她說。

「原本只是農學院的一個池塘，但取了一個很美的名字，如此而已。」

「不過，已經很棒了，你們學校那麼大，連湖都有，在這裡唸書，有夠幸福的。不像我們學校，比起來，好小一個。」

「妳們學校，哪所學校？」

「關渡基督書院。」

我愣了一下，以為我沒聽清楚：「哪所？妳再說一遍。」

她放慢速度：「關渡的基督書院。」「很正常啊，很多人都沒聽過。」

「關渡，關渡在哪裡？」

換她很驚訝：「你居然連關渡都不知道？」

「不好意思，我其實是台中人，對台北沒那麼熟。」

「關渡在往淡水的路上，快到淡水的河邊。」

她這樣解釋，我就有點概念了，因為我曾經和同學搭火車到淡水玩過。

「喔，那有點距離喔。妳這樣通車到學校很遠吧。」

「我沒有通車，平常開學後，我就住到學校宿舍，學校規定要住宿，只有週末能回家。現在是暑假，所以我比較自由一點。」

她嘟著嘴，露出無可奈何的表情，顯然不喜歡被關在關渡的生活。

因為我對她的學校完全不瞭解，所以沒有多談。我們開始聊些別的話題，並繞著湖，走了一圈後，在還沒天黑之前，我就陪她去搭車。她住在師大那一帶，搭公車只有兩三站的距離。

走過這段路之後，曼萍和我成為好朋友了。見面會打招呼，抓到機會就一起跳舞，我慢慢發現她十分活潑的本質，表情豐富又直接，高興起來會又叫又跳那樣的直爽純真。

有一次上課我要和桑妮教一支雙人舞，誰知桑妮晚到，而另一個女生又剛好請假。我乾脆就抓曼萍過來跟我一起教舞，她其實是有些舞蹈天份的，而教舞是我在教，她只要按我的指示擺出動作即可，並不難。起初她張著大眼睛，驚訝地一直說不行不行不行。不過沒有更好的選擇，還是被我說服。教舞順利完成後，我把她拉到一邊跟她說，謝謝她，待會兒請她吃冰。

上課結束後，我們就一起走去台一冰店。點了一個紅豆牛奶冰，兩個人分著吃。雖然我們講過的話還不算多，但我們已經牽手跳過好幾支舞，上次到醉月湖繞一圈，今天又一起來吃冰，比好朋友再進一步了。

「時間過得好快，暑期班快要結束囉。」我對她說。

「是啊。真想繼續跳下去。」她是很喜歡跳舞的樣子。

「沒有辦法，接下來就要開學。」

「開學，唉，想到又要回關渡，整個人都沒氣了。」曼萍說。

「妳怎麼會去念那所學校啊？」

「就聯考考得很爛啊，沒有什麼北部的學校可選。」

「多爛？」

「非常爛。你知道嗎，我的國文作文是零分耶。」

「什麼？作文怎麼會零分，隨便寫也有分數。」我說。

「因為我一個字也沒寫。也不是寫不出來，考試的時候看到那種題目，沒有興趣，腦袋空空的，完全不想寫，乾脆給它空白。」曼萍皺著眉，露出有點淘氣的表情。

「蛤，妳真是率性，完全不考慮後果。好歹也寫個幾行字，多少要點分數。現在後悔了吧。」

「不會啊，即使我再遇到一次，照樣一個字不寫。」說完，她自己笑了起來。很率性迷人的笑。

「拜託，過去的就算了，以後還是要多考慮，有點彈性比較好。」我是很真心的勸說。

她看著我，未置可否。她確實是一個很特殊的女生。

「妳知道，我特地去查了台北市地圖，我找到基督書院了，確實是很遠。從這裡怎麼去妳學校？」我問。

「我都搭指南客運啊。」

「對，指南客運，我記得大學口有一班客運往淡水。」

「幹嘛，你要來找我啊。」「不要啦，太遠了，公車要坐好久。」曼萍想了一下，繼續說：「不然，你寫信給我好了。」

「寫信？」我說。

「是啊，你寫我就回。我在宿舍的日子還蠻無聊的。」

我突然想起，靜子要寫信給我，而曼萍則要我寫信給她。反正我在宿舍沒事時，可以寫寫信。

「好啊。」我們就這麼說定了。等她回到宿舍住，我有空時會寫信給她。

第二天，很巧，我就收到靜子來信。信封是淡粉紅色的橫式信封，上面工整地寫著收信人寄信人住址並貼著郵票。而拆開來看信紙，背面印著一個戴帽的女生，應該是某個歐洲畫家的作品，還散發出淡淡的香味。信封信紙顯然是特意挑過的，靜子很有自己的品味。

你喜歡信紙背面的畫嗎？那是法國畫家馬諦斯的作品，畫的是他的太太。馬諦斯是野獸派的代表畫家，喜歡使用狂熱不協調的顏色來作畫。這幅畫看起來似乎也沒有想像中那麼「野獸」對不對。我也不是什麼看畫的專家，但看到時，就是覺得很舒服，很喜歡。

天氣好熱喔，熱得人完全不想動，只想待在家裡看書喝冰茶。不過，我還是忍不住「動了」一喔。上週我陪爸媽到翡翠灣的飯店住兩天，夏天可以到沙灘逐浪，吹夏日海風，實在是很愉快的一件事。但我怕曬黑，大多躲在太陽傘底下。總不希望下次你看到我時說，那是誰啊，黑得我認不得。呵呵。

你在忙什麼呢？家教和舞蹈暑期班？

我把信紙翻過來再仔細看了一遍，這次比較瞭解這幅畫的原由了。

靜子的信像夏天來自海邊的一陣涼風，非常舒爽。我喜歡她信紙上的畫，也喜歡她提及的海。我從小就愛游泳，但好久沒去海邊，上次是什麼時候？記不得了，我寫了回信。

我也喜歡妳信紙上的畫。像妳所說的，就是覺得看起來很舒服。麻煩妳以後可以多跟我講些電影或畫作的，我這種工科的，簡直就像是在文化沙漠裡長大，現在很盼望多淋一點有氣質的雨啊。

我還沒去過翡翠灣，不知道長得什麼樣子。不過，只要是海我都喜歡，哪天我也應該去那個海灘看看，好久沒游泳。

家教每週兩次，不能中斷的。暑期班，每次都揮汗如雨，但是很有成就感。一年前我連基本舞步都不會，現在可以教人跳舞。不過，也快結束了。結束之後，舞社同學們約好，要沿西部南下，一方面旅遊，一方面要去拜訪住在中南部的同學。我會趁著這個機會，順便回台中幾天。好久沒回家。

我寄信之後沒多久，就又收到靜子來信。她說，她有個奶媽住在台中，每年暑假她都會去她家玩幾天。她想把日期跟我待在台中的時間挪在一起，問我能不能順便帶她出去玩。

奶媽？都大學生了，怎麼會有奶媽呢？而且如果要敲日期見面，也不好書信往返，太慢了。所以，我打電話過去確認。

「奶媽？」我說。

「是啊，奶媽。我剛出生時，我爸爸也剛好開了工廠。我爸媽都去忙工廠的事，沒時間照顧我，所以把我託給一個奶媽。奶媽一直照顧我到國小二年級，因為先生調工作到台中，才舉家遷到台中。雖然分開了，但我跟奶媽感情很好，所以，每年都會南下去找她。」

她又跟一個人感情很好，好像每個見過她的人都喜歡她。究竟是她很會黏人，還是只要跟她一起生活過的就捨不得轉身。我想起答應帶她去吃鳳城燒臘之事，這真的是她的特質。無論如何，到了台中，我算是地主，略盡地主之誼也是應該的，當然歡迎她來玩。

「好啊，我們把去台中的時間調在一起，妳給我奶媽家的住址和電話，等我回到家時會打電話跟妳約，再過去接妳出來，帶妳逛逛台中。」

所以，我和靜子又要見面，而且將會在台中。

幾週後，暑期班結束了，舞社同學們準備行李要南遊，第一個落腳點是溪頭，然後再繼續往南。但我考慮到家教的關係，不能離台北太久，所以只參加到第一站。溪頭結束後，我就回台中家，也可以順便接上靜子的行程。

我們是搭火車南下的，再轉公路局進到溪頭。在這幾個小時的車程中，我一直和桑妮坐在一起。桑妮在社裡與每個人都維持良好的關係，她很受歡迎，但今天南下這群人中，我只比較熟悉她而已。

但她也習慣和我在一起。我們兩個很有話說，也許在個性或交友的頻譜上有某些地方是特別相契合。所以，一路上非常愉快。

抵達溪頭後，放下行李，大家一起用晚餐。晚餐結束後，夜遊到大學池。一群十幾個人走在馬路上，天地漆黑，四周寂靜，只剩我們沿途笑語。有人唱了歌，有些人還在路上跳起舞來。好像不把蓄積許久的精力耗盡，不願停止。歡樂的隊伍持續往前進，直到大學池摸黑逛了一陣子後，終於累了，才啟程回賓館。

回程路上，隊伍拖長，大家安靜下來聊天，桑妮、榮東學弟和我三個人殿後。榮東因為和桑妮在花城舞展時合跳〈阿拉木汗〉，所以也和桑妮變得很熟。

這也是舞社的一個普遍現象，搭檔練過舞的人最後都變成好朋友。

榮東跟我說，他對我的〈華貝克〉很有興趣，希望明年可以試試看。桑妮則笑著說，她都不要，太累了。明年只想穿得美美的，跳〈風雪中的佳人〉那樣的群舞就好。

「喔，妳會累啊，我還以為只要音樂一放，妳就永遠不會斷電咧。」我說。

「不行啦，再來就大三，人老了，跳不動。快舞讓學弟妹們去跳。」桑妮說。

「學姊，妳是我們的精神標竿哩，絕對不能太早退啊。」榮東說。

我和榮東輪流調侃著桑妮。她雖然回嘴，但是很開心。

回到我們下榻的鳳凰賓館，已經過了十一點，大家都回房休息。我跟桑妮和榮東說：「你們先進去吧。你們還要繼續往南的行程，需要保持體力。但我明天就要脫隊回台中，比較沒關係。今天天氣這麼好，我想在外面多待一會兒。」

所以，桑妮和榮東就先進門，剩我一個人走向旁邊的山路。難得可以脫離都市煩躁，來到山中，空氣清新而溫度涼爽，實在非常舒適，我捨不得睡覺。我想著，如果可以在林中聽嘆息小夜曲或西班牙舞曲，不知道有什麼感覺。孤獨一人時，我偶而還會想起佩珊，她是我內心深處的一處傷口，永遠不會痊癒，只是隨著時間流逝，不再那麼疼痛。

我在林中靜默地回憶珮珊，回顧自己的人生，多逛了十五分鐘後，才把佩珊重新收起來，往回走。

回到賓館，伸手打開大門，卻很意外的見到榮東學弟從黑暗中走了出來。

「你還沒有去洗澡睡覺？」我問榮東。看他一臉嚴肅，好像發生了什麼事似的。

「還沒。我想趁這個機會問問學長意見。」他說。

「什麼樣的事？如果我可以幫忙的話。」榮東對〈華貝克〉有興趣，但不需要那麼急，回台北可以再討論。除此之外，我想不出來我們之間有什麼交集。

「學長你跟桑妮學姐很熟喔。」

「是啊，新生觀摩是她陪我一起練的，有革命情感。」

「你喜歡桑妮嗎？」

「喜歡？看你怎麼定義。很多人都喜歡桑妮，她很好相處啊。」

「我是說，學長和桑妮是男女朋友嗎？」

「噢，你是說這個啊。」「我們是很要好的朋友，但不是男女朋友。」我不加思索的回答。我已經回答過靜子同樣的問題了。

「我感覺你們也不像男女朋友。」

「你為什麼要問我這個問題呢？」我有點好奇。

「因為我喜歡桑妮，我想追她。」

這就很令我意外了。榮東是一個比較含蓄內斂的男生，不輕易顯露他的情感。除非他自己說，不然平常我也看不出來他喜歡誰。

「桑妮知道你喜歡她嗎？」

「應該還不知道。但我決定要追她，打算讓她知道。」

「萬一有競爭對手，有別人也喜歡桑妮呢？」

「沒有關係，那就公平競爭，我對自己有信心。」「學長，你覺得我跟桑妮個性合適嗎？」

這真的是個很艱難的問題。說合適，會給他太高的期望。說不合適，好像連一個機會都不留給他。而且，我想起來教我們〈寇西卡〉的那位先生，那他合不合適呢？我該不該讓榮東也知道那位郭先生的存在？我的心一下子糾結在一起，我很努力地想要找出一個折衷的講法。

「你跟桑妮的個性是有點距離，但是所有的男女朋友都是需要磨合的。幾乎所有人都是先喜歡，再磨合。如果最終合不來，大不了再分開。」

這算是一種中性而理智的講法。既沒有鼓勵榮東去追桑妮，也沒有反對。而我考慮了一下，還是把郭先生的事按住不說，留給桑妮自己去決定。

「學長講的很對，我瞭解。我也有這樣的心理準備。」

我們繼續對他要追桑妮這件事討論了一會兒，而看得出來，榮東很堅決。我也只能祝福他。

那個晚上，我上床之後，睡不大著，一直反覆想著桑妮和榮東這件事。如果當時我表明，我對桑妮有意思，榮東學弟很可能會打退堂鼓。但是我究竟沒有這樣做。我狠下心來確定了我和桑妮的關係，終究只是好朋友，不會再進一步。桑妮的未來只會有郭先生、榮東、或是其他人，我退後成為圈外人。

對我而言，這不過是眾多平凡夜晚之一，或許多點驚奇色彩，但是卻是桑妮關鍵的一個晚上。我和榮東的談話確認了某些可能和不可能，桑妮的未來命運產生變化，但她卻沒有機會對這樣的改變表示任何意見。也許是這一點讓我感到不好入眠。

第二天醒來，我倒是精神很好，覺得自己好像換一個人似的，要開始全新的人生。

回想過去這兩年，發生了太多我預期之外的事。我從來沒想過和佩珊只走到大學門口，從來沒想過有一天我會跟著學長學舞，也從來沒想過會陪著桑妮走上她的生命之路。我想是時候了，該讓這些紛擾過去，回到自己的平靜的道路。熱情的夏天已走遠，清靜的秋日即將來臨，我抖落一身塵囂，期待著未來。

那我的未來裡還有誰？在門外叩叩叩敲門的是靜子嗎？

回到台中後，我就打電話給靜子，她接了電話，很高興，等我去接她。

第二天我跟爸爸借了摩托車，騎到中興大學附近的一個巷子裡，找到奶媽的家。按電鈴，靜子就走出來。

再一次看到她，不知道為什麼，我的心情特別愉快。今天她換了一條紫底白點，偏旁有個蝴蝶結的髮帶，看起來非常青春俏麗。

「妳好像很喜歡用髮帶啊。」

「不用髮帶，頭髮掉下來很難整理。綁髮帶，省麻煩，比較輕鬆。」

「妳的髮帶都很漂亮，妳綁髮帶很好看，很漂亮。」我說。

「謝謝。」靜子開心的看著我，看起來更加迷人。

「有沒有想今天要去哪裡？」

「沒有。你想去哪，我就跟你去哪。」

「那我把妳載去賣掉，一定很值錢。」我說。

「好喔，走吧。」她居然這樣回我。我們四目相望，很有默契地笑著。

既然奶媽家是在興大這邊，靜子已經來過多次，我把目標拉向城市另一端的大學，東海大學。她說還沒去過，所以我們就出發。

我們先到達路思義教堂。雖然是暑假，教堂前還是很多人，應該都是過路的訪客。我們沒待太久，就走向文學院前的林蔭坡道。靜子比較喜歡後者。人少了，綠蔭烘托著寧靜，適合閒適心情的漫步。

「我比較不喜歡人多，喜歡安靜。這裡寬闊又有綠樹，我覺得這裡很棒。」她說。

「我也是。我不喜歡人擠人，喜歡看綠色的東西，也許是因為我從小是在農地旁邊長大。」

「將來我買房子，一定要買有樹又安靜的地方。」

「那很簡單，妳到深山裡去買棟房子，應該也不會太貴。」我故意說的。

「不行啦。那太不方便了，我的意思是在台北市裡找到有樹又安靜的地方。」

「所以，妳已經確定只能嫁在台北市就是了。」我是故意尋她開心。靜子有點紅了臉，沒有回答，只是看著我抿著嘴笑。

「好啦，不要鬧妳。如果妳喜歡人少，我們去看東美湖，那裏應該更安靜。」

於是，我們往山下走，經過牧場旁邊，來到東美湖。果真那裏一個人都沒有。比起台北的醉月湖，旁邊就是體育館、籃球場和教室，經常是人聲喧嘩，東美湖四周只有樹而已，顯得隱密而沉靜。

「這裡很棒，都沒有人。我喜歡。」靜子說。

「天氣再涼一點就更完美了。」我說，雖然靠近黃昏，仍然有夏日的餘熱。

「對呀，可以在這裡靜靜地待一個下午。喝茶看書。」靜子是屬於文靜型的，不喜歡太熱鬧。如果是桑妮，她大概會想放音樂，就在湖畔跳舞。而我已經從昨天的溪頭走了出來，現在在靜子身旁，我放下跳舞的熱情，沉浸在隨她而來的溫柔氛圍。

我們靜靜地待在湖邊幾分鐘後，我才說話：「難得來這裡，我們來照張相好嗎？」

「好啊。」靜子很高興。

我把相機擺在東美亭前的短牆上，為了調角度墊了石頭，費一番功夫，終於調出滿意的鏡頭。我跑過去和靜子併坐在東美亭之前完成拍照。我們接連換了幾種姿勢拍了幾張，最後一張我稍微猶豫了一下。我和靜子之間算是什麼樣的關係呢？我想到一個方法可以確認，我伸手過去攬著靜子的肩膀。靜子非常配合，我們身體靠在一起照了合照。

拍完後，我回過頭來看著靜子。看著那張乾淨而漂亮的臉，她還是帶著第一次見面時那樣淡淡的微笑，但經過這些日子後，我心中多了一些親密的感覺。我沒辦法解釋得很清楚是什麼樣的親密，但當我和靜子一起時，她的語調態度，就是讓我感到很自在。在她面前我可以完全坦開我自己，不論好壞，她似乎也準備著要接受一切。

靜子也在看著我。但她的眼神顯示的，不像是要傳達些什麼。我猜她只想多瞭解我一點點，我是個什麼樣的人，她對與我相關的所有事物都感到興趣。

靜子先開口說話了：「這裡離你家很遠嗎？」

「不會很遠，騎車過去大概二十分鐘吧。不過我家附近沒什麼有趣的，就是一般的住家。」

「喔，我不是想要看什麼有趣的地方，我們可以去看看你的家嗎？」

我有點訝異，這個女生真的很不一樣，在台北她去看了我練舞的地方，到了台中，想要拜訪我的家。本來是應該由我提出邀請的，結果是她先要求。我想起那一天中午，我留在她們家吃火鍋，也許對她而言，有來有往，既然來到台中，順道拜訪一下我家也是很自然的一件事。

「好啊，當然歡迎，但是今天下午只有我媽媽在家。不過，她人很好，妳不用擔心。」

「我不會擔心，也可以順便認識一下莊媽媽。」

我現在要帶一個女生回家，回家讓媽媽認識，那我該如何介紹靜子呢？媽媽又會怎麼來看待靜子？

我們起身離開，騎著摩托車往山下走。到美村路後右轉，再幾分鐘後，就回到家。一條巷子裡，一排兩層樓房子的中間一棟，很平實的住家。一樓是客廳和連接廚房的餐廳，二樓是三間臥室和陽台外推的一間小書房。我從小長大的地方。

我讓靜子在客廳坐下，然後到裡頭去叫媽媽。媽媽從裡頭出來後，我跟她介紹靜子：

「媽，這是我一個非常要好的朋友，她今天來台中玩，順便來我們家。」

「莊媽媽，妳好。我叫曾宜靜，可以叫我宜靜。」

媽媽顯得非常訝異，但是張著口笑個不停。好像在路上意外的碰上什麼好事一樣。

「妳好，妳好，歡迎妳來我們家玩。」媽媽轉頭向我：「啊，你怎麼沒有早一點說，有同學要來，我們什麼都沒準備。」

「莊媽媽，不用啦。我們也是臨時起意過來的。」

「不行，不行，曾小姐妳稍微等一下。」媽媽說完，要我陪靜子，她就進到裡頭去了。我看著靜子，她還是那樣泰然，完全不會緊張的模樣。她用眼睛把客廳仔細的掃過一遍。注意到櫃子上，爸爸參加獅子會的匾牌和獎盃，也注意到櫃子裡擺設的一些家庭照片和小學生的美勞作品，跟我聊了一下。

過了一會兒，媽媽又出來，手上多了一盤切好的水果。

「曾小姐，來來來，吃水果啦。」然後在沙發的另一邊坐了下來。

「天氣很熱吼。」媽媽繼續說：「我兒子有陪妳去哪裡玩嗎？」

媽媽問什麼，靜子就回答什麼。我被晾在一旁，可以插嘴的地方不多，也無此需要，好像靜子和媽媽早就熟識，約好了見面聊天。

我發現不只我們兩個的相處很自在，靜子可以毫無滯礙的融入我的生活之中，扮演她想扮演的任何角色，這才是是真正令我感到意外的。媽媽很高興，我也很高興。

半個小時後，找到空檔，靜子偷偷跟我使個眼色。

「媽，待會兒我們還要去別的地方，要先走了。」我說。

「不要留下來吃晚飯嗎？我一下子就可以煮好。」

「莊媽媽，不用啦，妳不用忙。我還想多看看其他地方。」

「喔，好吧。」「曾小姐，下次來台中，要再來我們家玩喔。我會煮好吃的請你吃。」可以看得出來，媽媽很希望再見到靜子。

我們和媽媽說再見後，就一起騎車離開。這次靜子不再用雙手抓後座的橫桿，而是一手抓橫桿，另一隻手緊緊的抱著我的腰。我們變得更親密了。

吃過晚餐後，我送靜子到奶媽家，結束之前，還在興大散步一陣子。靜子要多待幾天，而我第二天就得回台北。我們說好了，回台北再聯絡。

我沒想到這次回台中，短短幾天，有如此巨大之變化。榮東要追桑妮，而靜子進入我的生活，雖然都不在我的計畫之中。然而這些改變是好的，值得期待。但我從小以來的經驗告訴我，命運不會永遠站在陽光這一邊，偶而就會輪到黑夜的降臨。果真，當所有的美好適切地告一段落後，就在我要啟程回台北的下午，令人難過之事就找上門來。

「爸的工廠做的有點問題。」媽媽說。

「妳是說農具工廠嗎？跟他同鄉合夥的那個工廠？」我問。

「對啊，他們之間有些問題。」

我一下子感到沮喪。那是爸爸和一位同鄉合資的工廠，專門生產農具，出口到印尼。之所以是印尼，是因為爸爸透過獅子會的國際會友交流，認識了一位印尼的好朋友。那位印尼朋友一直跟爸爸說，印尼荒地多，正要開始大量農耕，需要很多農具。所以，爸爸找了同鄉，聯合那位印尼朋友開了農具工廠。在這裡生產，再經由那位印尼朋友銷到印尼去。工廠主要便由爸爸和他的同鄉兩個人管理。剛開始做得還不錯，有些賺錢。

「工廠做不下去，要關了嗎？」我問。

「不是。是爸爸要退出。爸爸那位同鄉偷偷去跟印尼人講說，爸爸帳目不清，又想獨佔工廠，所以他們兩個聯合起來要把爸爸趕出來。爸爸知道了，去跟那位同鄉吵了一架後，就決定要退出。」

「怎麼會這樣？爸爸不是跟他那同鄉很要好？我小時候還常去他家。」

爸爸的那位同鄉是一位高中老師，工作到退休後，拿著退休金來投資這個工廠。可以想見，他很怕投資有去無回。但他人很好，非常和藹可親，小時候我叫他阿伯，逢年過節會去他家玩。我很難想像，他會去跟那個印尼人說爸爸的壞話。但我還沒有開始工作，對這種生意上的爾虞我詐也無法完全瞭解。

「啊哉，也許講到錢，人就會變。」媽媽說：「雖然這樣，我們家經濟沒有問題喔，你不要擔心，安心去念書。」

從我懂事以來，就一直對家裡的經濟有不安全感。爸爸和人家合資做生意，做得不錯時，就買房子買車子，也經常到餐廳吃飯（我一直很懷念小時候在台中酒店，邊看秀邊吃飯）。但是生意失敗，就賣車子，騎摩托車，也只能在家裡煮食。我會做餃子，能夠做一點料理，也就是這樣學來的。

「爸爸會處理，你不用擔心。」媽媽再強調一次。

我們家經濟的整個重擔都在爸爸身上。有時候我真希望跟媽媽說，我已經長大了，也可以負擔家計，我可以從台北寄錢回來。但是我還只是一個大二升大三的學生而已，能怎麼做，多兼幾個家教？我有很深的無力感。

媽媽還是給了這次開學的學費，讓我回學校去繳。我只能心裡掙扎著，但什麼都不能做，未來會怎麼變化，只好到時候再說。

我懷著不安的心情回台北，繼續我剩下的大學生活。畢業之前，我頂多只能心裡記掛而已。一回到宿舍就很忙。忙著選課，忙著補家教漏掉的教課，也忙舞社新學年的招生事宜。我想，忙一點也好，可以沖淡心中的不安。

開學後，我並沒有忘記曼萍。答應過她要寫信，所以，我拿起筆來，但是該寫些什麼呢？有點苦惱。也許就說些最近發生的事吧。

我跟妳說過，暑期班結束後，我和舞社幾個同學會一起南遊。我因為家教關係，不能離台北太久，只跟了一站，溪頭。妳去過溪頭嗎？去過溪頭夜遊嗎？我的天呀，那沒有光害的星空多麼燦爛漂亮，有機會妳一定要親自來看看。溪頭之遊是很令人愉快的。

但是，回到家就不是了。看到爸媽和妹妹，當然令我感到快樂。但是聽我媽說，爸爸生意失敗，可能會影響家中經濟，我的心就一下子掉下去。我真的很想幫家裡做點什麼，但是什麼都不能，也許只能期待趕快畢業。

不好意思，讓妳聽我在發牢騷。

寫好信後，我猶豫了一陣子要不要寄出去。怕曼萍對內容覺得無聊。但是我也沒有更好的想法，還是貼郵票投了郵筒。沒想到曼萍很快就回信。

溪頭夜遊？我沒去過耶，那你得陪我去。我這個人很懶的啦，沒有人陪是不會自己去的。

我跟你聊時，聽你提爸媽和妹妹，感覺你們家人感情很好。偶而遇到點困難，家人彼此鼓勵，一定可以克服。家人感情最重要，你們家不會有什麼問題的。

比較起來，我就沒那麼幸運。我只跟我媽要好而已，跟哥哥和爸爸感情都不好。尤其是我爸爸，他是那種很傳統很嚴厲，要小孩努力念書的那種人。結果他倒楣，生出一個不愛念書的我。有時候被我爸用很難聽的名詞飆罵，我總有點難過。

你要開心喔，回到台北，跟舞社同學一起跳舞，應該會好很多。我記得教舞時，你的舞伴長得很漂亮，跟你很好。冒昧問一下，她是你的女朋友嗎？如果是，她會安慰你的。

我有點訝異，連她都懷疑桑妮是我女朋友，可是八堂課中，也只有三支舞是我們兩個一起教。也許是我們兩個對話態度的關係，我應該節制一下，老是被誤解對桑妮也不好，尤其已經有人表明要追她。

不知道妳和妳爸是如何相處的，但是一家人，感情好一點是比較好。妳已經上大學，妳爸也沒有理由再逼妳念書，不是嗎。和解吧，家人終究是家人。

妳怎麼會覺得我的舞伴是我的女朋友，那我該自我檢討一下了。她不是我女朋友，而且已經有追求者。不過，我最近和一個輔大的女生開始一段關係，不知道算不算男女朋友，但是也才剛剛開始，未來會怎麼發展，還不是很確定。

如果妳有機會到台中玩，我一定會好好招待，包括陪妳去看溪頭的星空。很值得跑一趟的。

第二週曼萍又回信了。我有種感覺，她似乎是蠻盼望我的信，也很喜歡每週這樣跟我短暫地聊聊天。

我爸工作多年，因為壓力的關係，身體不好，現在要每週洗腎。也許是生病的關係吧，脾氣變得暴躁，常對我發脾氣。沒有關係，我已經習慣。我也是覺得家人就是家人，我會努力改善關係的。

你剛有女朋友，而我則是剛結束一段關係。哈。我的前男友現在正在追我的一個好朋友。不要替我感到難過，我沒有那麼難過的。兩個人個性不合，早一點分開，還比較好。我很祝福我的好朋友和前男友的。

很想離開學校跑去玩，有沒有可能你偷偷來帶我去溪頭，再偷偷把我送回學校，在老師發現前。哈哈哈。我開玩笑的，不要當真。

很顯然我們是家庭背景和求學過程完全不同的兩個人。而曼萍在描述她的心情和想法時很直率，沒有什麼修飾，很信任我，所以我覺得和曼萍通信還蠻有趣的。而一週寫一封信，負擔也不大。所以，我樂於保有這樣一個特殊的朋友，繼續跟曼萍書信往來。

學期中的某一個週五下午，我和靜子搭火車去淡水遊玩。我們感情越來越好，基本上就是男女朋友。火車經過關渡時，我突然想起曼萍應該就在這附近的某個地方上著課，心底有種異樣的感覺。我靠著窗很仔細的環顧一下周遭，想找到基督書院是在哪裡。其實從火車是看不到的。靜子看我的樣子，沒說什麼，也沒覺得奇怪，也許她只是認為，我對剛建好沒多久的關渡大橋感到興趣，如此而已。

六、一支舞兩種旋律

新學期開始，十二月又是舞社的新生觀摩，我們得負責教新入社的學弟妹們。因為我一直專注於東歐舞蹈，所以，想學東歐舞的便會來請教我。但其實我所學絕大部分是來自於銘欣學長，所以有些記不清楚的舞步，我還得回頭問他。但他已經升上大四，忙著畢業之事，比較少出現在舞社的活動。

所以，我找了一天晚上，蒐集好所有問題，準備到他的宿舍請教他。沒想到我到他寢室才發覺他已經搬出去。我問他室友，搬去哪兒？他室友回答我說：「新生南路上不是有個什麼教會嗎？他搬去那個教會的宿舍了。」

我有點訝異。我跟他室友要電話，打了電話過去，順利找到他。

「學長，你搬出去了。」

「是啊，因為我信教。一些比較熟的弟兄住在這裡，所以搬到教會宿舍來住。而且，以前宿舍比較吵，不是那麼適合看書，這裡比較安靜。」

「現在要找你，得到你哪裡去？」

「你找我有什麼事嗎？」

「我要教幾首東歐舞，有些地方不是很清楚，想請教你。」

「那沒有問題啊，你過來吧。」

於是，我立刻騎了腳踏車過去，找到教會後面的宿舍。學長正在交誼廳那裏等著我。剛好沒有人，我們把桌椅稍微挪了一下，騰出空間來跳舞。

學長用腳回答了我所有問題。

結束後，我們坐下來聊天。

「怎麼樣？這個暑假過得如何？」學長很親切地問我。

「我負責的暑期班順利結束。結束後，我們社裡幾個人也一起到中南部玩了一趟，玩得很開心。不過，我只到溪頭而已。」

「好可惜，我剛好有事，沒辦法參加。」

「沒有關係，舞社活動很多，以後再一起參加。」

「好吧。」「你那暑期班，桑妮也跟你一起嘛。」

「對啊，她是負責人之一。」

「她一直跟你很好。」學長猶豫一下才說：「但你跟桑妮，你們兩個好像沒有在一起？」

「在一起？你的意思是男女朋友？我們不是啊。」

「你們合不來嗎？我常看你們一起練舞，感情看起來不錯。當時我第一個介紹她給你，也是覺得你們兩個的個性很像，想說你們應該合得來。為什麼沒有在一起？」

「我們是好朋友沒錯，但不適合在一起。」

「怎麼說？」

「個性不合吧。」「她比較奔放外向，我不是那型的男生。」「我是那種喜歡獨處，獨自聽音樂的人，你不是常看我在宿舍聽音樂。」

「是喔。」「好吧。」「那就沒辦法勉強。我本來以為會多一對社對。」

學長居然會跟我提到桑妮，也許只是單純的關心。我們兩個看起來那麼要好，卻沒有再進一步。其實我對學長也有類似的疑問。他給我的感覺一直是很健康活潑，充滿精力。而他跟那麼多的學姐學妹一起練過舞，感情也非常好，但看不出來誰是他的女朋友。是他掩藏得很好，還是根本沒發生。

「學長，那你咧？」

「我怎樣？」

「你跟那麼多的女生合作過，而且也非常愉快。像美珍、盛芬學姊。好像也沒有聽說你跟誰在一起。」

「喔，大概跟你一樣，也是個性不合吧。」他笑著回答。

「對嘛，個性比較重要。」我說。

「跳舞的時候，為了跳好一支舞，什麼不合都可以擺下。臉上一定是最漂亮的笑容。但是真正的生活裡，要考慮很多啊，不是三五分鐘裝一下就可以。個性不合會是一輩子的事。」

「感情這種事是很複雜的，不是三言兩語講得清楚。」

學長講完之後，換我微笑。因為他等於是說出了我的理由。

但學長沒有對身旁的任何一個女生動心，這真的是他的理由嗎？老實說，我甚至有點懷疑學長的性向。也許，每個人的考慮都不同，或者身後的故事不一樣，我有我的，學長有他的。所以，我們都沒在舞社裡找到另一半。我沒有問到底，也不適合問太多，感情這種事還是只能自己決定。

我們再聊一會兒，我就回宿舍了。學長帶我進舞社，從此改變我的生活，我對他是有些特別的感情的。

我在給曼萍的信中，也有提到這件事。

在舞社有一個學長跟我很熟，是他帶我進舞社的。

我那學長不論外表或舞技都非常棒，他跟許多學姊妹合作都很愉快，卻沒發生什麼戀情。我也有點好奇。跳舞之人，肢體接觸日久生情是很常見的，我想妳可以瞭解。而我們社內就有好幾對的社對。

不知道是我太少跟別人聊八卦，所以不知道。還是他掩藏得很好，所以看不出來。

妳覺得是為什麼？

然後，曼萍回信給我了。

嘿，你比較鈍啊，對感情不夠敏感。也許你學長有戀情，而你根本沒有注意到。也許你學長喜歡某一個女生，可是那女生剛好已經有男朋友了。能怎麼辦？

找不到喜歡的人是有點遺憾，但是遇上喜歡的人卻不能講，那就有點痛苦了。談到感情還是需要機運，人和時間都要對，才可能發生。

哇，你們舞社好像沒那麼多人，居然有那麼多社對，簡直是「近親繁殖」啊。不對，是「近水樓台先得月」。哈哈哈。不過，我可以理解。

曼萍和我往來的信內容都不長，但我從來不會覺得無趣。究竟她是一個很率性自然的人，心裡想什麼就講什麼。

對於感情，我有很鈍嗎？想想以前跟佩珊，現在跟靜子。如果說我不會主動表達愛意，這我承認，但這樣就算是鈍嗎？我後來有在信中問靜子這個問題。妳會覺得我對感情不夠敏感？比較鈍嗎？靜子回我。

鈍？哪是鈍，根本就是笨。可是沒辦法，我就是喜歡笨一點的男生啊。哈哈哈。

靜子確實是很瞭解我的。

這學期除了教舞之外，我比較少去舞社了。因為已經是大三，專業課程比較多，要花時間念書。另外科技界有了天翻地覆的改變，IBM PC（個人電腦）出現了，很多專家都認為這會從此改變人類的工作型態。我們是學工程的，當然更加關心趨勢的發展。這學期有門新的電腦語言課叫Pascal，大部分的同學都選修了，包括我。學習一個新的電腦語言對我而言（我已經在大二時學過另一個語言Fortran），並不是什麼問題，但是這門課的期終作業是要以Pascal寫出一個語言編譯器（Compiler），那就是相當大的挑戰，要花很多時間，而且也有可能做不出來。為了將來的出路著想，我還是鼓起勇氣接受挑戰。

系上特別購置了一整個實驗室，裏頭都是IBM PC，如果程式要寫得好，就得經常泡在裏頭上機。好處是有免費的冷氣可吹，但冷氣不是為了學生，是為了這些嬌貴的PC。

從此實驗室和宿舍佔據了我大部分的時間，只有偶而有空，想伸展手腳，才會去舞社。

日子過得很平順，直到有一天。

那天我從實驗室回到宿舍，相公跟我說，家裡找我，而且好像有很緊急的事。我趕緊打了電話回去。媽媽接的電話，她用十分驚恐的語調跟我說：「兒子，你趕快回來，你爸出車禍了。」

我的心頭好像被重擊一樣，整個人倏地往下沉：「什麼車禍，有很嚴重嗎？」

「爸爸跟人家吃飯，喝了酒，應該有酒醉，騎摩托車回家，自己去撞電線桿，撞得有點嚴重，被人家送到醫院去。」

「現在咧，人怎麼樣？」我非常緊張。

「顱內出血，醫生說必須立刻開刀，已經推進手術房。」「要等醫生出來，才知道到底有多嚴重。」

「天呀。」我的心低盪到谷底。

「你要不要趕快回來？」從來沒有聽過媽媽那樣無助的要求。

「好，我會立刻回去。」

我回寢室收拾一下行李，馬上趕往台北火車站，搭國光號巴士回台中。

在這兩個多小時的車程當中，我沒辦法聯絡家人，無法獲知爸爸在手術房中的狀況。各種可能在我腦海中翻來覆去，而最壞的結果令人恐懼，我無法想像失去爸爸會讓這個世界變成怎樣。除了祈求老天的仁慈，我無力可施。

爸爸除了我們一家之外，沒有親近的親人，所以從年輕開始就特別重視朋友。他總是這麼說：「在社會上走踏，朋友很重要。」所以，朋友說喝酒，他就一定乾杯。於是，常在朋友聚餐之後，看到他醉茫茫的。長久以來，我們擔心他的健康，說過他好幾次，他總是很堅定的回：「你們不懂啦。」繼續他的吃飯喝酒交朋友。

所以，不只是家中經濟，爸爸的健康也會讓我感到不安。很怕遲早會出事，而終於是躲不掉。

我是長子，爸爸在這個島上第一個血緣親人，所以從小備受寵愛。我很能瞭解爸爸那種茫茫人海無處可依，所以必須外面靠朋友和回家擁抱至親的心理。但這次呢？還能不能回來讓我擁抱。

車子在暗夜中行走，每往前多進一步，更接近答案，我的心情也就更加的忐忑不安。終於在中華路下車，我直接走往醫院。在手術房前，遠遠的看到了妹妹。急忙跑過去。

「怎麼樣？開刀怎麼樣？」我急著問。

「開刀已經結束，醫生說很順利，已經把腦中的積血引流掉。」妹妹說。

聽到這句話，終於讓我鬆一口氣，鬆了好大一口氣，兩三個小時的心中恐懼才獲得紓解。

「運氣很好啦。摩托車都撞爛了，不能再騎。雖然有些外傷，都沒有很嚴重。只有X光看到顱內出血。」妹妹繼續說：「還好醫生趕快開刀，積血清乾淨後，觀察幾天，如果沒有異狀出現，應該就可以平安渡過。」

我北上念書，看不到家中大小事。留在爸媽身邊的妹妹，衝擊最直接。不知道這一天妹妹經歷了多少事，多少心情起伏，但那鐵定是很劇烈的。此時她已然鎮定下來，可以平靜地跟我說她的結論。

「是嗎，那真的很幸運。只要能恢復健康，其他以後再說。」我說。

「爸爸平常都當好人，好人會有好報吧。」妹妹說。

「我們好好照顧，他一定可以復原的。」我為妹妹和自己打氣。

我繼續說：「媽媽在哪裡？」

「她忙了一下午，我讓她先回去休息。」「爸爸現在在加護病房，要觀察一陣子。」

「走，我們過去看他。」

我跟著妹妹到加護病房區，換上隔離衣，進到隔離病房，找到爸爸的病床。

爸爸被綁在床上，嘴中插著管子，頭上機器的綠色螢幕閃動著心跳和血壓。爸爸閉著眼好像在睡覺，偶而會有不自然，看起來痛苦的扭動。腦殼上開了個洞，要靠機器呼吸，手腳又不能伸展，應該是很不舒服。

「可能上天要給爸爸一個警告，以後不能喝太多。」我說。

「希望有效，以後會乖一點。」比較起來，妹妹還比我會管爸爸：「等他健康之後，就不能再讓他這樣喝酒。」

「接下來咧，我們可以做什麼？」我問妹妹。

「不用做什麼，只要觀察。」「這幾天如果沒有異狀，醫生應該會把他移到普通病房休養。」

「所以，先在加護病房中觀察，我們只要注意就好。」

「對的。」「待會兒，加護病房區就會關門，不能進出。但每一床都可以留個家屬在這裡照顧，以防萬一。」妹妹說。

「這沒有問題，我可以留下來照顧爸爸。妳也可以回去休息，陪媽媽。」我回。妹妹點點頭。這至少是我所能做的。

妹妹再跟我交代幾句後，就回去了，剩下我陪爸爸。

我看著爸爸，比我矮半顆頭，身材瘦小，臉上盡是風霜。他這一生命運多舛，而現在還在病床上被磨難著，真的令人感到心疼。爸爸當年才十幾歲就被政府徵調軍伕，帶離福建山上的家鄉。原本以為到廈門一帶協助軍務，挖壕溝、傳令跑腿，一年半載就可以回家。想不到駐紮在廈門的軍隊，沒多久就撤退到金門。在那裏經歷隆隆炮戰，再被軍艦載往一個他從未聽過的島嶼。從此與家鄉分離，開始在島上的漂流。

不過是十多歲的少年啊，就這樣硬生生被斷開與至親的臍帶，怎麼生活下去。但爸爸是活過來了，堅強的站起來，不但娶了媽媽，生了兩名子女，還建立起一個安穩而充滿愛的家。他是如何辦到的，我很難以想像。

我看著病床上的爸爸，像在沉睡，也許是這一生太累了，必需要以這樣的姿態休息一陣子，才能重新出發。

病床旁有張躺椅，我就在椅子上半躺半睡渡過整個晚上。半夜我們隔壁病床突然警聲大作，紅燈閃耀，讓我緊張得醒過來。在惺忪睡眼中，我看到醫生和護士跑進來急救，不斷按壓病人的胸腔。可是我沒辦法集中精神，覺得眼皮好重好疲憊，沒多久又沉沉睡去。

第二天早上醒來，隔壁的病床已經被清空。我回頭看著爸爸，仍然在沉睡，心跳和血壓都正常。我拉著爸爸的手，雖然瘦弱，仍然有著該有的溫度，想起昨晚的驚心動魄，覺得我們很幸運。我有信心爸爸一定會康復。

到了早晨的探病時間，妹妹又來了。她看一下儀器上的數字，用手摸一下爸爸的脈搏，然後說：「看起來很好。今天應該要照一下X光，如果沒有問題，也許很快就會轉到普通病房去。」

妹妹還只是醫專一年級的學生，但照顧病人已經有一種說不出的篤定，讓我感到放心。過一陣子，巡房的醫生來了，他講了跟妹妹說的一樣的結論。

「應該沒有問題了，我留在這裡，你要不要回家去休息？」妹妹說。

「好，我回去看看媽媽。」

我和妹妹換了班。我回家。

媽媽看起來一臉倦容，好像昨晚沒睡好的樣子。我先跟媽媽解釋一下目前在病房中的狀況，跟她說看起來很樂觀。

「昨天我接到醫院打來的電話，我嚇死了。」媽媽說：「不知道是幸？還是不幸？」

「應該算是幸運。如果沒有這次意外，爸爸可能會繼續喝，不知道以後會出什麼更大的事情。」「經過這一次，以後他應該會收斂一點。」

「他年紀也大了，以後也不應該多喝。」媽媽說。

「等他回來，我會勸他。」我說。

「昨天開刀的時候，舅舅也有來看。醫生說，如果爸爸可以過這一關，以後也需要好好靜養。」「舅舅說，看我們要不要搬到霧峰去，住在他家旁邊，這樣彼此也有個照應。」

霧峰是媽媽的娘家，是媽媽求援的唯一地方。我們和舅舅一直有往來，尤其是過年時，總會去他家拜年。

「這樣很好。我贊成，讓爸爸到鄉下去休養。」那附近都還是稻田。

「爸爸應該沒辦法再工作了。」

提到這一點時牽動了我的敏感神經，我還有一年多才畢業，家裡應該可以支撐我到那時候吧。但我沒有說出我的憂慮：「爸爸就是應該好好休養，不能再工作。」

「你不要擔心喔，我們家還有些存款。」

我該擔心嗎？即使我想，也不知道該如何擔心。

下午我和媽媽一起到醫院去。妹妹說，爸爸已經拔管，可以自己呼吸。也去照過X光，看起來顱內已經沒有積血。過一陣子，醫生來了，跟我們解釋目前的狀況，看起來術後良好，可以準備移到普通病房。我們全家緊蹦了兩天的情緒終於可以放鬆一下。

我多停留一天，直到能夠跟病床上的爸爸說說話。爸爸看起來非常疲憊，沒辦法多講話，偶而會指著他頭上開刀的地方說很痛。我們會請護士幫忙打麻藥，或者要爸爸再多忍耐幾天。

確定爸爸沒問題後，我就回台北。不得不回台北，因為要準備迎接期末考。

隔幾天後，媽媽打電話來跟我說後續的處理狀況。

「我們打算把房子賣了，我們隔壁鄰居有意要買我們的房子。賣房子的錢應該可以讓我們家撐一陣子。」

「我們會在舅舅家隔壁租一間房子，然後把所有的東西搬過去。舅舅會來幫忙搬家。」

「我跟爸爸說了，爸爸也同意。」

關於這些即將發生的改變，我只能聽而已，內心裡很無力。我安慰媽媽，等我開始賺錢，我們再去買房子。

我因為考試，沒辦法回去幫忙。我從小住到大的房子就這樣不見了（靜子才去過一次），連照個相留念的機會都沒有，而那些與房子相關的大部分的童年記憶也就隨之消失。人生有時候就是那麼無奈，我在佩珊身上就嘗過苦楚，這只不過再經歷一次罷了。

但這一切都沒有關係，只要爸爸能健康的復原。

快過年時，我回家了，但這一次回到霧峰的家。

爸爸康復了，而且充滿活力。他看到我很高興，跟我聊了幾句，也說他以後不再喝酒了，然後就閒不住的到隔壁去找人聊天。要出門之前，我特別跟他擁抱了一下，他有點不習慣，長大後我很少這樣做，但不這樣做我無法感受他真的活回來了這樣一件事實。然後，我也過去拜訪舅舅，想瞭解爸爸的情況。他也說爸爸沒問題啦，這些日子每天都來找他泡茶講故事。

除夕夜全家吃火鍋，可以健康而平安的在一起，我有以前沒有感受到的幸福感覺。

差點造成我失去身後支持的意外，終於是過去了。我很慶幸還可以繼續我的大學生活。

有段時間我沒有辦法去找靜子，只能偶而打電話跟她聯絡。

「沒關係，你忙你家的事，如果有什麼需要我幫忙的地方，記得跟我說。」

每次我內心不安時，只要跟靜子通電話，就會慢慢沉靜下來。她好像有一種特殊的安定人心的能力，至少對我很有用。

「光是聽到妳的聲音就對我有很大的幫助。」我說。

「我會等你忙完。」靜子說。在短暫的沉默裡，我的心像被冬天的陽光撫摸過。她讓我相信冷酷會過去，春天遲早會回來。

我也寫信去跟曼萍說我的現狀。她也回信。

雖然你爸爸發生車禍，但是你們全家一起努力解決問題，感覺你們家人的感情還因此而更好。這一點替你感到高興，也有點羨慕。有時候很難說什麼是真正的幸或不幸，像這次事件中，你爸爸如果不再喝酒，而變得健康，不是也是一件幸福的事嗎。

我會為你們家禱告的。

我們家除夕夜也是全家一起吃飯，每次我都很擔心爸爸會數落我些什麼。這一次爸爸雖然沒有說什麼重話，但提到我的朋友都愛玩，不喜歡念書，還是令我有點不太開心。我都這麼大了，他還要管我交朋友。

不用替我擔心，我已經習慣。

我至少有一個溫暖的家做為後盾，回頭總有人支持我。但曼萍呢？也許這是她為什麼去念基督書院的原因，住宿就可以離開家。但去了關渡，她又覺得那裏的生活太悶了。人生真是難啊。有時我會想為她做點什麼，但是不論我怎麼做，都無法替代一個溫暖的家所能給她的支持。

過完年沒多久，我就回台北。開學之後，我就又找了一個一天的家教，所以每週有三個晚上的家教。功課還是很重，實驗室上機寫程式很需要時間。所以，我很少去舞社了。

我也明白跟社內表示，放棄五月的花城舞展，不再上台表演。但是還是可以幫忙，所以我接了舞展當天音樂的播放工作。坐在第一排的機器旁，按照主持人的指示播放音樂。在底下看學弟妹的表演有另一種成就感，好像看著破繭而出的蝴蝶，終於開始飛舞。

在平靜的生活中轉眼就到了學期末。暑假又到了。

這個暑假最重要的一個活動就是畢業旅行，四天三夜的環島之旅。因為我們系除了三個女生之外，全部是男生，所以經過同學介紹，去邀請東吳大學中文系的女生跟我們合辦畢旅。時間訂在八月底。

當我跟靜子提到這件事時，靜子第一個念頭就是問我，她可不可以跟我一起去。我有點訝異，想了一下，既然都邀了別校的女生，應該也沒有什麼不可以的。所以，我也幫她報了名。

至於曼萍，之前她就跟我透露過，這個暑假她還是打算到我們學校上課。我原本以為她還要再來跳舞，結果不是。

聽說以後的工作，電腦很重要。而如果懂得一種電腦語言，工作會比較好找。我知道你們系上有對外開一門COBOL商用電腦語言班。學商的比較會用到。我打算要去報名。可是我完全不會電腦語言耶，你會COBOL嗎？能不能教我。

我不會COBOL，而且如果要學這種語言，外面也有很多補習班，不一定要來我們學校。我寫信去問她。她也回答了。

你們學校的COBOL班結業，會出英文證書，聽說國外大學承認這個學分。我為什麼來唸基督書院，除了這裡強調英文學習，原因之一也是國外都承認這裡的學分。所以，將來如果想出國念書，申請學校會比較容易。說是這樣說，但是八字還沒一撇，只是準備著，將來再看情況決定囉。

原來她想出國，我比較理解曼萍的想法了。我幫她到系上報了名，而且也去書局買了一本COBOL語言的書。反正多學一種電腦語言也不是什麼壞事，而且我已經學過幾種語言，有基礎在，學起來應該很快。上課的第一天我在系館門口等她。那天她出現時，仍然是貼身牛仔褲搭一件有紅花飾樣的黑色T恤，仍然是有捲尾的長髮，而小圓臉上薄施胭脂。我們有好長一段時間沒見面，我只覺得她變得更加光彩亮麗，更加迷人。

因為家裡的事，我的心情低盪許久，再看到她，居然有種恍如隔世之感。也許是她身上散發的那種青春氣息，讓世界重歸美好。

「好久不見。你還好嗎？」她先說。

「我很好。妳又變漂亮了。」這並不是恭維。

「謝謝。我怎麼覺得我的皺紋變多了。」

「真的嗎？那妳要不要用熨斗燙一下。」我開玩笑，我們像老朋友一樣哈哈大笑。

「這門課會不會很難啊？」她有點憂心。

「我想不會，老師應該是從最基礎開始講起。這個老師我認得，他還蠻有耐性的。不過，反正妳有不懂的，就問我。我會幫妳。」

「你人真好。」曼萍臉上露出一個大大的笑容。

我跟她約好，上完課後，我會在系館門口等她，讓她問問題。她很高興，半走半跳的進去教室上課了。

其實不只是課程內容而已，因為是電腦語言課，還要上機實習，所以有時我得跟著她到實驗室，看她寫的程式，告訴她哪裡寫錯了。但上機的時間很長，我不可能一直待在她身邊，所以後來就想了個方法。

她把她的帳號和密碼給了我，她有任何問題，會寫在帳號底下的檔案裡。我有空的時候，就到實驗室打開檔案來看。修正她的程式，回答她的問題，再寫回原來的檔案之中。這有點像寫信，只是沒有透過郵差，電腦變成媒介，而且也只能用英文。

語言是很奇妙的。原先寫信是用中文，可以完整表達，所以寫的婉轉而含蓄。現在在電腦上用英文，沒辦法以精確的文字來表達感受，反而變得直接。剛開始，曼萍都是以Thank you（謝謝）或Thanks a lot（多謝）回我，但是幾次之後，就常用I miss you（我想你）或I wish you were here（真希望你在這裡）來結尾。

我瞭解曼萍是個感情豐富的女生，喜樂很容易表現在臉上，也出現在文字上。但看到她親密的回話，還是讓我心中有些蕩漾。

課程結束後，我還幫她做了總複習，結果她期終考考了九十八分，全班最高分，順利拿到那張英文證書。她非常高興，要請我吃飯。

我們又去大聲公粥品店，只要是跟女生吃飯，我第一個想到的總是這家餐廳。

「你怎麼知道我喜歡吃粥？」曼萍問我。

「全世界女生都喜歡，好吃又不佔胃的東西。」我說。

我們愉快的用餐聊天直到快結束，我問曼萍接下來要去哪裡。她回我：「陪我去書店，好嗎？就在大學口附近。」

於是，我陪她去書店，她要買幾本托福的書。當她在挑書時，我順便四處逛了一下，看到旁邊有一區也賣著卡式錄音帶，居然也有古典音樂。我突然想起來，最近有好一陣子沒聽嘆息小夜曲和西班牙舞曲。

早上是趕著要上課，晚上很多時候是跑去實驗室，所以忘了。忘了聽音樂，是不是表示佩珊在我心裡的影子也就越來越淡了。可是只要讓我又想起她，心中還是有一種難以割捨的感覺。她是無法替代的，也不會消失，我會永遠在我心裡為她留個位置。

「你怎麼了？」曼萍問我，看我在發呆。

「看到音樂卡帶，突然想起很久以前的一位朋友。」

「很熟的朋友嗎？」

「小時候很熟，很喜歡聽她彈鋼琴，但我已經很久沒有聽她彈了。有點懷念。」

「還有在聯絡嗎？」

「沒有了，很久沒聯絡，也不知道去哪裡了。」

曼萍買完書後，我就送她回去。晚上回到宿舍，我又聽起了鋼琴曲。雖然我的生命中有了靜子，偶而曼萍也會闖進來，但是我沒有任何打算讓佩珊遠離，她會一直在我心裡。

暑假快結束時，也是畢業旅行的日子到了。

我們班有一百多位同學，在找人籌備畢業旅行的相關事宜時，男生都把票投給了女生。在這個班上十分珍稀的女同學不但沒有特別優待，還被賦予更多的工作。這實在是很糟糕的一件事。還好其中一個女同學，陳正君，非常熱心，願意肩負起聯絡同學和組織大家的工作。所以，我們的畢業旅行得以順利成行。

我和陳正君並不熟，選課不同，來來去去，偶而見面也只是點個頭。但這次旅行，我帶了女朋友同行，靜子被安排和陳正君住同一個寢室，我們也就有很多機會可以說話。

「你同學陳正君很熱心耶，很Nice的一個人。」靜子跟我說。

「我知道啊。」我其實不是很確定。只是在投票時，有一點點的歉疚感。

「你們真幸運，有這樣一個同學。」

「還好有她，不然畢業旅行能不能辦得成都是個問題。」我說。這是實話。

三台遊覽車往東部南下，第一晚住宿在天祥活動中心，第二晚在墾丁公園大門口的一家飯店，最後一晚回到中部的杉林溪。除了中途遇到一個輕度颱風，因而在墾丁的行程稍有縮短，一切都很順利。

吃飯時，靜子都會坐在我旁邊，和我的同學們聊天，完全不會怯生。我甚至認為，跟我相比，我那些同學還比較喜歡跟靜子說話。我們班什麼樣的怪咖，什麼樣脾氣的人都有，但是和靜子聊天時，全部變得斯文有禮，這倒是很出我意料之外。也許是因為靜子是客人，也許是因為靜子具有那種安定人心的能力。

我們一起去了太魯閣、九曲洞，也去了佳樂水、墾丁國家公園。我們總是一小群人走在一起，靜子跟在我身旁，大家談笑聊天，相處得非常愉快。這讓我覺得，帶靜子來參加我的畢業旅行確實是個好主意。

最後一夜在杉林溪的飯店裡有個大廳堂，我們在那裡辦了一場舞會。由於大部分同學除了布魯斯慢舞之外，完全不會其他舞步。所以，特別安排一段時間，開了燈，由我來教舞。我教大家跳最基本的恰恰舞步。

我事先跟靜子練過一陣子，所以她跟我搭配教舞，並沒有多大的困難。這也是我們第一次在一起跳舞。靜子對跳舞不像我那樣有熱情，可以感覺她跳快舞比較放不開，但她喜歡跳慢舞，依偎在我懷裡，享受優美的音樂。

不過，我們還是沒有待到舞會結束，偷偷的跑出去散步。我們牽著手往遠處走去，直到幾乎看不到飯店燈光的地方，四周一片漆黑寂靜。我們擁吻在一起，雙手探索著對方的身體，一起享受這熱情美好的夜晚。

第二天起來，我們就坐著遊覽車回台北了。我還送靜子回到大直的家。要分開時，她跟我說了。

「隔幾天我要去你們學校。」

「有什麼事嗎？」我問。

「我跟陳正君約了，要一起去試上邱素貞的瑜伽課。」

「什麼？跟我同學？」我有點意外。

「你不知道她喜歡上瑜伽嗎？體育課都選修瑜伽。」

我怎麼會知道，我都還透過她才跟陳正君熟了起來。

雖然我和靜子認識不過一年多，我還是常聽著佩珊的鋼琴曲，但靜子已經以她特有的美妙旋律，一旦接受就難以抽離的旋律，注入了我的生命樂章之中。

七、畢業不是再見的季節

十一月快到了，我記得是曼萍生日的月份，所以寫了信去問她。

> 嘿，妳的生日快到了。今年有什麼願望嗎？要怎麼來慶祝妳的生日呢？那天不是週末，沒辦法在妳身邊為妳唱生日快樂，陪妳吹蛋糕。
>
> 雖然一直被困在關渡的山丘上，我知道妳有著不拘的靈魂，沒有什麼可以限制妳的想像的。生日快樂！

隔幾天，曼萍回我了。

> 謝啦，有人記得我的生日就讓我覺得很開心。也許我的室友，如果記得的話，會幫我唱生日快樂歌的。
>
> 數著生日，等著長大，羽翼豐的那天，就可以自在飛翔。
>
> 進入秋冬，這裡風大，有時還會下雨，感覺特別寂寥。如果有人能夠陪著出外走走，即使只是兩個小時，都會是很棒的一件事。

收到信，我知道她的暗示。她以前就跟我說過，她們不能隨意出校門，只有訪客來，請了假，才被允許幾個小時的自由。而那天下午我是剛好沒課的。

我可以寫張卡片就好，她一樣會很開心。但是，我就是無法裝著不知道。她有那種特殊的魔力，在她的願望被達成之前，讓人一直掛念。

我考慮了一陣子，想到我跟一個每天騎摩托車來校念書的同學交情還不錯。於是，我去問他有沒有可能借他的摩托車一個下午。沒想到他很爽快地答應，說他會去總圖看書，直到我回來。

所以，那個下午我就騎著摩托車出發了。

那裡確實是個冷寂的小山丘，前後都沒有什麼住家。我在入口門房的登記簿上寫了名字，註明是朋友，守衛就打了電話進去說，有人來找。不一會兒，曼萍就笑盈盈地出現在門口。有點不好意思，但明顯的很開心。

「你好棒喔！你人真好。」她撒嬌地說。

「生日快樂！」我說：「今天壽星最大。妳說我們要去哪裡？」

「我想去人少的地方，去淡海好了，那裏有個沙灘。」

我從來沒有去過淡海，只知道是淡水再過去一點的海邊，好像有個沙崙海水浴場。於是，我載著曼萍出發，穿過淡水的街道繼續往前走。也沒有什麼叉路，不一會兒就來到有著防風林的海邊。海邊是被簡易的柵欄圍起來的，但是冬天暫停營業的海水浴場入口旁邊，被人家扒開了一個隙縫，容許我們鑽過去。

在沙灘上，天很開闊，但夕陽被雲遮住，顯得灰沉沉的。而海有點遠，也許是退潮，海浪捲在遠處，所以給人一種天高地遠的清冷感受。但是，強風就在身邊，很現實地繞著我們轉，我們無處可躲。曼萍的雙手緊攬著我的手臂，躲在我的身後，我們就這樣站在沙灘上一陣子。

「會不會冷？」我回頭問她。

「不會，我覺得很舒服，自由的空氣讓人感到很舒服。」

來無人的海邊吹吹風都好，她真是個奇特的女生。但她的笑容很迷人，當她笑起來時，很難令人拒絕。

我怕她會冷，所以把手抽出來，跨過肩膀，直接把她攬在我脇下。她沒有拒絕，像一隻可愛的貓咪一樣，瑟縮在我懷裡。

當我把她圈住時，低頭看著她，突然有種瞭解。這個女生在感情上好像特別脆弱，如果沒有好好照顧，很容易受傷。而我剛好有她需要的肩膀。所以當我打開胸懷，她一下就躲了進來。她感到溫暖，我感到被需要。

大概半小時後，連我都覺得冷了，我們才往回走。

「還想去什麼地方嗎？去吃晚飯？」我問。

「不行，那可能回去會太晚。」

「妳真的只是想來沙灘走走？」

「你不會覺得站在無人的沙灘上感到很舒服嗎？而且有你陪著我。這是一個很特別的生日。謝謝你。」

聽她這樣回答，我覺得心暖暖的，即使身外冷風環繞。

我直接把她送回學校去，沒有再去任何其他地方。她已經很滿意。

沒有蛋糕，沒有生日大餐，只是陪她兩個小時，但我明確瞭解她喜歡跟我在一起。

如果她想繼續跟我一起，我知道還有另外一個機會。

要進校門之前，我問她：「十二月三十一日晚上，我們學校體育館有個年終舞會，妳想不想來參加？」

「你不找你的女朋友嗎？」她問。

「我女朋友那幾天參加一個日本關西的旅行團，陪她爸媽到日本玩，所以那幾天不在台北。」我說：「即使她在，她也未必會想參加。她對跳舞不像妳那麼有興趣。」

「哦，原來是女朋友不在啊。」她用俾倪而俏皮的眼神盯了我一下。

「對啦，我比較想跟妳一起去參加舞會。」我說她喜歡聽的話，今天是她的生日。

「喔，是這樣的啊。」她還是故意不回答，在逗我。她抬起頭，裝著在考慮的表情。過一會兒才開口：「好吧，去看看你們學校的舞會長什麼樣子。」

舞會還有什麼不同的樣子，她只是拐個彎而已。

要問她之前，我曾經考慮了一下。但我確定她是不會拒絕的。我知道她有時候脾氣很硬，不然也不會跟爸爸吵架，但我已經找到她內心的柔軟之處，只要溫柔以待，她什麼都會說好的。

所以，我們就這麼說定了。今年的最後一天我們要一起渡過。

關於日本旅遊這件事，靜子有事先跟我討論過。那是一個非常難得的機會，而且時間不長。我當然鼓勵她去，不用太在意沒有留下來陪我。

其實她很想要跟我一起出國旅行，但是沒辦法，我也還沒服兵役。我跟她說，以後還有機會，遲早我會陪她出國玩的。我們說話那時她用雙手緊緊摟著我的手臂，然後臉上露出很捨不得留我一個人在台北的表情。她是真心的。

靜子總是那麼善體人意。所以，她會跟著我去吃我常去的餐廳（即使是很便宜的自助餐），她也跟陳正君一起去做瑜伽，現在她要陪爸媽去日本。誰都喜歡她陪伴，她有她特有的溫柔魅力。我就是因此喜歡她，所以認定她是我的未來，而且是毫無懸念的選擇。

那麼曼萍要和我去跳舞，我們是什麼關係呢？我努力說服自己，她就是個好朋友而已，一個在感情上需要多一點呵護的好朋友。

即使我們不常見面，但是一年來的書信往返，我已經完全瞭解她。她是生活在直覺上的一個人，只有感覺對時才願意敞開心胸。她永遠在尋找對的感覺。她一方面頗為堅持自己的獨立性，另一方面又不喜歡與寂寞為伍。這兩種特性事實上是有些衝突的。但是只要感覺對的人在她身邊，就可以在這兩個特性中找到平衡點。所以，她喜歡跟我在一起。

這年的最後一天，我對她伸出了手，她讓我握著，走進了學校的年終舞會。

平常用來打籃球和比賽的體育館，這天被妝點成迪斯可舞場。燈光暗了下來，只剩下不斷旋轉和閃爍的彩色光點。原本喧囂的加油聲換成超大的喇叭，不斷播放著熱烈的舞曲和醉人的情歌。

我們只在旁邊看了一下，找到一個人少的空間，就下去跳舞。曼萍喜歡跳快舞，她喜歡扭動身軀，陶醉在強烈的節奏中。我雖然也跳快舞，但更喜歡一旁欣賞她迷人的表情和身段，有時候她會淘氣的對我伸出媚誘的手腳，但我知道那只是跳舞而已。

曼萍也跳慢舞，但是她很挑音樂，如果是她真的喜歡的，她會安靜下來，跟我牽手搭肩，隨著音樂搖擺。

大約半場之後，喇叭傳來一首優美的慢歌。有點熟悉，但我平常沒聽流行歌曲，說不出曲名。

曼萍突然跳起來說：「我喜歡這首歌。」就拉著在旁邊休息的我，往舞池跑。

「妳喜歡這首歌？」跳舞時，我問她。

「是啊，這不是一首很有名的曲子，但我喜歡。」

「這首曲子的名字叫什麼？」我問。

「Lady On The Other Side Of Town」

我對這個名字感到陌生，只是靜靜地聽了一陣子演唱。歌詞好像是說，唱歌的男生經常去找住在鎮上另一端的一個女生，他喜歡那個女生，但內容沒辦法完全聽清楚。

「這好像是一首男女生談戀愛的歌，妳知道歌詞內容嗎？」

「知道啊，我還會唱哩。」曼萍說完，跟著小聲的唱和起來。臉上露出有點得意的笑容。

「所以，是一首情歌，相遇談戀愛。」我說。

「不算是。因為男生只有十九歲，而女生已經三十四歲，還離了婚。」

「姊弟戀？」

「嗯，不過，結果是不好的，男生最後離開了女生。」

「為什麼？」

「歌詞沒說。但那不重要，反正最後女生悲傷的看著男生離開。」

「原來是首悲傷的情歌。但是旋律很優美。」

「所以，我喜歡這首歌啊。也不單單是因為旋律優美。有時候晚上一個人聽這首歌，會有蠻深的感觸。」

「怎麼說，哪一部分讓妳感動？」

「你知道我一直待在關渡，有時候我會覺得自己就是Lady On The Other Side of Town。」

我突然間不知道該怎麼接話。前不久我才騎了摩托車跨過整個台北市過去看她，她是城市另一端的女生。而她在暗示些什麼？有一天我會離開，她會很悲傷。她是指我嗎？

「跟你亂講的啦，不要想太多。聽歌有聽歌的情緒，如此而已啦。」她趕緊補充。

我還是不知道怎麼接話。我們這種有點曖昧的關係有一天會終止嗎？我把兩隻手再抓緊抱緊一點，讓曼萍靠得我更近一些。她也不再抬頭看我，幾乎貼在我的胸膛上。我們沉默的跳著舞，希望這首歌不停地唱下去。

歌聲還是停了，換成激烈的舞曲。曼萍恢復原先的活力，又開始扭動身軀。我看著她，被她魅惑著，只想把這一刻，刻進腦海中。

我們沒有待到舞會結束就離開，因為曼萍說，她有點累了，不想再跳。

我們出來，走到醉月湖旁邊的花架下，坐在椅子上休息。接近半夜，沒有人待在湖邊。除了遠處的音樂聲，其他一片寂靜。

「我今晚不想回家，你陪我好嗎？」曼萍說。

「什麼，妳不回家，這樣可以嗎？怎麼跟妳爸媽解釋。」

「我已經事先跟我媽說了，要慶祝跨年，會到朋友家過夜。」

「你們家可以這樣啊，只要報備，就可以不回家。」

「嘿，我已經長大，可以自己管理自己了，好嗎。」她直率的說。好像誰都不能阻止她的模樣。

曼萍沒有事先跟我商量，反正我宿舍也不會有人特別注意我有沒有回去。而且新的一年要開始，我的大學生活即將結束，這也是個特殊的慶祝方式。

「好吧，我陪妳。看妳想去哪。」

我們開始了跨年的漫長聊天，什麼事都聊，從小學到大學，從她的室友到我的室友（比較起來，她覺得我的室友有趣）。我們也談到未來，我說我有點憂心家裡的經濟，想早一點出社會賺錢。爸爸受傷在鄉下休養，已經事實上退休了。曼萍則完全無此想法，她只是想繼續去探索這個廣大的世界，但還不確定未來要怎麼做。

我們在湖邊待了一小時就起身離開，牽著手，在附近的道路上漫步。從新生南路的側門走出，經過辛亥路走到師大附近。因為曼萍比較熟悉那區域，所以就在巷弄之間穿梭走動。

到了凌晨，天氣變冷了，我像上次在海邊那樣，伸手過去把曼萍攬在脇下。路上人車稀少，居民們都進夢鄉，獨獨我們兩個醒著，繼續在樓與樓之間遊蕩。後來走到一個轉角處的小公園，看到路旁有一張長形的石椅，我們兩個坐下來休息。起初只是靠在一起坐著，過一會兒曼萍率性地往她那一邊空位躺下去，臉向著天空。她說躺下來舒服，於是，我也傾身向前，在她臉上繼續跟她說話。

「妳終於累了吧。」我逼近她的臉問她。

「沒有，我精神好得很。」

「那妳幹嘛躺下來，一定是累了，要不要回家？」

「還沒。我只是躺下來看看天空。是不是你累了？」

「沒有，我精神好得很。」

她聽出我在學她回答，笑了出來。她的笑充滿魅力，瞇起來眼睛上的睫毛好像無數隻小手在跟我招喚，吸引我慢慢靠近她的臉。我先是鼻子碰著她的鼻子，輕輕摩娑，擦出親密與柔情後，她閉上了眼睛。於是，我的嘴唇貼上她的嘴唇。

她也還我以熱情。我們兩個的舌頭輕輕糾纏在一起，而我的雙手伸到她衣服底下，撫摸她柔軟的背後。

我們就這樣擁吻一陣子後，才分開。我稍微抬起頭來，她也睜開眼睛定定地看著我。我們的關係不一樣了。

「妳真是個很特殊的女生，很有魅力的女生。」我說。

「你喜歡我嗎？」曼萍問我。

「我當然喜歡妳，都被妳迷住了。」

她聽了非常高興，又露出她慣有的迷人笑容。她伸出雙手撫摸我的臉頰，然後抬高頭頸，在我的嘴唇又親了一下。

我是沒有預料到今晚的發展的，曼萍應該也沒有想過。我們只是彼此很熟悉，從熟悉進一步到喜歡，這發展很自然，如此而已。但我們都沒有想到未來，未來會怎樣？我可以瞭解曼萍的想法。她會覺得，未來不是重點，最重要是今天晚上，此時此刻，感覺對了，所以也就沒什麼好後悔的。

我們繼續擁抱，鼻子磨擦鼻子，臉頰貼著臉頰，偶而就一陣深吻。過了半小時，才捨不得的坐起來，整理一下衣服，離開了小公園，手牽著手，繼續我們的城市漫步。差不多六點左右，我才送她回家。在她家門口，我們又擁吻了一會兒才分開。

今天之後我和曼萍的感情來到一個新階段。但是，沒辦法被清楚定義。在看不到彼此的日子，我會想著她，她也會想我。然而，我們不是男女朋友，那怎麼定義我們之間的關係？

回到宿舍後，我累得什麼都不想多做，直接上床睡覺。大概兩天之後，我的生活才完全恢復正常。

靜子從日本回來了。

她洗了一堆照片，要我到她家看。我立刻趕過去，因為心裡有點歉疚，所以我很有耐心的聽她解釋每一張照片，讚美照片中的每個笑容，並一直表現出對日本的故事風景充滿興趣。靜子非常高興，真恨不得下週就可以跟我再到日本旅遊一遍。

至於曼萍，她當然回到關渡的閣樓去了。我們中間隔了一個城市，她又變成Lady On The Other Side of Town（在城市另一邊的女生）。我們持續通信，多半聊些生活瑣事，但偶而在信尾，她會寫下「I miss you」。簡單的三個字，總是讓我凝視許久，為了等心中揚起的小波瀾平靜下來。

我和曼萍再次見面已經到了寒假，大概是過年前吧，她要上街採購，問我能不能陪她。我剛好也有空，當然說好。

我們再碰面時，既沒有擁抱，也沒有牽手，就像是兩個許久不見的朋友一般。那夜發生的事暫時被我們藏到心底。

我陪著她看了幾家商店，買了一點點東西，然後她跟我說，她要把新買的保養品送過去給她媽媽，問我能不能跟她一起去。

「回妳家嗎？」我問。

「不是，我媽今天要上班，她是師大的職員。」

「所以，我們要去師大？」

我們走了一段長路來到師大。我其實很少來，但每次來心中總有些奇異的感受，是既沒有緣分但又牽扯不清的感覺，像今天，我就要來見曼萍的媽媽。

我們走進一棟建築，幾個拐彎後，來到一間辦公室，曼萍一眼就看出她媽。她媽也帶著笑很快地迎上前來。

「曼萍，妳來啦。」她媽說。

「是啊，我想說妳可能要用到，所以，趕快拿過來給妳，看有沒有買錯。」她拿出袋子中的保養品。兩個人一同看著，要確認一下。

「很好，很好，沒有買錯，妳還特地拿過來。」

曼萍想起要介紹我，用手指著我說：「媽，這是我跟妳說過的，那一位好朋友。」

「你好，你好，莊先生。謝謝你今天陪我們曼萍。」

「邱媽媽，妳好。我今天也剛好有空，陪曼萍走走。」

顯然曼萍先前就有跟她媽提過我。從今天開始，我在她們家不再是隱形人了。但是，曼萍如何去解釋她與我的關係呢？

「曼萍有說，你還特地到關渡陪她過生日。跑那麼遠，真是麻煩你了。」

「那天下午我剛好沒課，所以去關渡探望她。其實也沒做什麼，就只是陪她散散步而已，沒帶蛋糕，也沒有禮物。」

「你去看她，曼萍就很高興了。」邱媽媽同時看了一下曼萍。

「是啊。他人很好，很棒。」曼萍是說我。我也用微笑回她。

我們三個就站在那裏再聊了一下，邱媽媽是個慈祥和藹的人，而且看得出來，非常疼愛她這唯一的女兒。

離開時我問曼萍：「妳跟妳媽感情很好？」

「是啊，我媽最好了。我喜歡我媽。」

「那妳怎麼跟妳媽說，我和妳的關係呢？」

「就說是好朋友啊，不然是什麼？」曼萍半瞇著眼，有點疑惑的看著我。

對啊，當然就是好朋友。我們就是好朋友，我也這樣說服自己。

我們又散步一陣子後，我才送曼萍回家。要分開前，曼萍面向我，露出有點乞憐似的可愛眼神，我立刻明白。我走向前，把她抱進懷裡，臉頰摩娑著臉頰後，在她嘴唇上親吻了一下。

「我好喜歡抱抱。」她說。

「我也是。」我回她。然後，我們揮手說再見，她很滿意的蹦跳著回家。我們是好朋友，我心想。但這是個祕密，不能讓別人知道。而除非我說出來，不然，不會有人知道我和曼萍的關係。

但是，有一個人除外。

有一天晚上，我在宿舍餐廳吃飯時，相公拿著他的餐盤也過來跟我一起。吃到快結束時，相公突然跟我說了：「你好像有兩個女朋友喔。」

他不是在問我，他這句話是用句點作結的。我好像也很難瞞得過他。

「你不是帶你女朋友去參加了畢業旅行，可是你經常有信從關渡來。而我記得你女朋友是住在大直。」

「也不是有兩個女朋友啦。」我回他：「關渡那是一個在暑期土風舞班認識的女生，我們算是好朋友。她後來也來上我們系上的COBOL班。所以，我們很熟。」我就直說，沒有必要瞞相公。

「你們很常通信嘛。」

「很聊得來啦。剛開始是土風舞，後來也會問我一些有關電腦的問題。」

「是這樣的啊，不錯喔。」相公露出很羨慕的眼神：「只是寫信，你們不會偶而出去玩嗎？」

「偶而會啦，她就來參加過我們學校的舞會。」我不會說謊。

「你喜歡哪個？還是兩個都喜歡？」相公問話很直接，我快招架不住。
「大直那個才是我的女朋友。」我努力在相公的心中扶正我的形象。
「其實有兩個女朋友也沒有關係啦。」相公繼續說：「感情這種事本來就要比較一下，你哪知道誰比較適合你呢？」「如果有了女朋友，就不再接觸其他女生，那怎麼比較咧？」
我是從來沒想過這樣的問題，但相公的開明態度很出乎我的意料。
「所以，你贊成多交幾個女朋友？」我問他。
「可以啊，但是不要被發現，發現就會死得很慘。」他笑著回我。
「不會啦。只是寫寫信而已。」我說：「不過，你說的對，稍微比較一下，就知道誰比較適合自己。」
「反正你要小心，不要被發現。」
「那你有幾個女朋友？」我反問他。其實是明知故問。
「我？」他用手指著自己鼻子，笑了笑才說：「怎麼可能，我當然是一個也沒有。」
「我看你很少出門，也沒參加社團，你不想交女朋友啊。」
「我想啊。不過，我覺得我這輩子應該不會有女朋友，甚至也不會結婚。」
「什麼，為何？」沒想到相公那麼篤定。
「因為我覺得太麻煩了。如果交女朋友結婚，像買個冰箱那麼簡單，錢付了就會送過來，我或許還會考慮。但是，不是啊。」「我想到還要約會、求婚、認識對方父母親戚，還要安排婚禮、買房子，甚至將來要生小孩。為了婚姻要做那麼多事，我想到就累，好麻煩。你不會覺得嗎？」

「哪會啊，這只是人生必經的過程。」雖然我這麼回他，但真正的情形是我從來沒想那麼遠過。

「而且我很難想像，要跟一個人睡同一張床過一輩子。每天早上醒來，看到的都是同一張臉。也不能隨便挖鼻孔放屁，生活習慣如果不好，會被人家厭惡一輩子。」相公繼續說：「完全沒有自由，不能想做什麼就做什麼。如果是一個人的話，自由自在，就不會有人管。」

相公的考慮我完全沒想過。長期以來，我只會想多跟女朋友在一起，這是談戀愛的本質啊。真的會因為時間久了，看不順眼，彼此嫌惡嗎？我的感情生活也才剛開始，沒辦法回答這樣的問題。

「我覺得你有點懶惰，又想太多了。」我說。

「會嗎？你知道我爸媽種田。我爸每天早晨起來就到田裡工作，有空的時候就去找鄰居泡茶聊天。而我媽整天在廚房忙碌。當他們兩個有機會講講話時，沒講幾句就吵架。我實在看不出來，婚姻有什麼好處。有時候我都想問他們，當初為什麼要結婚。」

原來家庭背景也有點影響。我想我的爸爸媽媽雖然個性不同，但生活在一起卻是蠻搭的。婚姻大概都有它不盡理想之處吧。

「我想你可能是，生長發育還沒有完全。所以，比較沒有交女朋友的慾望。」我有點開玩笑地說。

「我，還沒發育完全？」相公懷疑的說。

「是啊，等你發育完全，進入發情期，說不定你就會不顧一切的到處找女朋友。」

相公大笑出來。黑框眼鏡、方形臉和瞇瞇眼全部擠在一起。他的模樣真的很可愛，即使他看穿了我的祕密，我還是很高興有他這個室友。

大四的最後一個學期過得非常快，大家都是在忙畢業和畢業後之事。王孟麟因為不用當兵，所以早就決定要出國，也做了準備。翟胖和相公則沒有選擇，準備要去當兵。而我呢？經過一兩個月的考慮，做了一個很大膽的決定。我決定申請緩召，晚一年去當兵。

我想早一點開始賺錢。爸媽都沒有工作，現在在花過去的積蓄，而妹妹念醫專還要三年才畢業。我先賺點錢，可以減輕家裡負擔，心裡會感到比較踏實。

但我去跟靜子說時，不是講這個原因。我跟她說，我想利用這一年再讀點書，看明年能不能考上研究所。她當然百分之一百支持。

不過，這個決定還有個小小的附帶原因。我覺得如果這時候去當兵的話，大概就會和曼萍斷了聯絡，感覺會是我把她丟下不管。我並不想要如此。陪伴她渡過大學的最後一年至少是我應該做的。但我和她見面時，解釋的理由跟給靜子的一樣，準備考研究所。她直覺的反應就是很高興，抱著我，又親了我一下。

然後，就是找工作的問題。但這倒是不難解決。

我有個同學大四時就在羅斯福路上的一家電子公司兼差打工，畢業後他要去當兵，沒辦法繼續工作，所以就把我介紹給那家公司的老闆。老闆當然很高興，不用登廣告再找人，立刻就有人接手。

這是一家小公司，總共只有三十人左右，專門設計生產電腦的附加卡（Add-On Card）。這一兩年個人電腦愈來愈盛行，為了擴充或加強電腦的功能，出現很多可以插在電腦擴充槽上的控制卡，像是繪圖卡、中文顯示卡、網路卡。這家公司主要產品就是網路卡。

我們系上實驗室裡的個人電腦為了共用一台昂貴的印表機，所有電腦就是透過網路卡連接在一起。所以，我對這項產品有些概念，要進入這個新工作並不會感到很困難。

我的主管是研發部經理。三十歲左右，戴著眼鏡，有點禿頭，不是很有名的大學畢業，但是做事非常認真，時常是工程室裡最後一個下班。聽別人說，他是老闆的老部屬，以前和老闆在一家叫宏碁（Multitech）的電腦公司工作，這幾年才出來創業。

剛開始我的工作不多，除了幫忙做產品測試的一些簡單工作之外，就是研讀技術資料。經理丟了一堆資料，叫我自己看，不懂的再問他。在當時網路還是個很新的概念，真正瞭解的人並不多。有時候跟客戶說，將來電腦要和電腦連接在一起時，客戶還問這有什麼用？但當我解釋說，這樣每台電腦都可以共用印表機印報表，不用拿著軟碟片（Floppy Disk）抽來插去時，他們才慢慢接受。

工作有著落後，再來就是租房子。為了省錢，我去找到汀洲路一棟五樓老公寓上面頂樓加蓋的租屋。裏頭只有兩個房間和一套共用衛浴。我的隔壁是兩個上班族的女生，護士和書籍推銷員，作息非常單純。但是有個一個很大的困擾，夏天的白天非常炎熱，只有電風扇阻擋不住盆地的熱浪。所以週末白天，如果不是去加班，我也儘量不待在房間裡。

我第一個月領到薪水，就買了一台水銀血壓計回去送媽媽。媽媽有家族遺傳的疾病，需要經常量血壓。媽媽很高興。而我雖然沒有每個月寄錢回家，但是從此當家裡要換電視或買台摩托車時，我至少可以負擔部分。這讓我因為對家裡有所貢獻，而感到心裡舒坦一點。

靜子偶而會過來找我，或者我去她家吃飯。而每隔一段時間，我就會寄封信給曼萍，聊聊我的工作並看看她最後一年的大學生活過得如何。

很快的，我在她們兩人之間找到一種平衡的生活方式。

靜子跟我約會，通常都是週六中午下班之後，所以週六晚上我們經常會一起用餐。但是週日有時候沒約，或者即使有約，我都會說為了準備第二天工作要早點回去，所以我都用週日晚上和曼萍見面。和曼萍見面有時是吃頓飯，但更多時候，僅僅是陪她散步聊天，然後送她去搭指南客運回學校。見面只是為了送別，但即便如此，曼萍也猜得出我說週六工作繁忙無法約可能只是藉口，她沒有不悅的顏色，上車前照例會跟我擁抱一下。

有時候天氣不錯，我也會陪曼萍出遊。有一次週末，靜子在學校忙，沒辦法跟我約見面。所以，我就和曼萍搭車到陽明山去爬山。在那個遠離眾人，沒有人認得我們的地方，我們可以牽著手在曲折的山徑上漫步。

剛開始的生活過得很順利，但幾個月後我的工作負擔變重了。

我們公司產品上面的ＩＣ晶片並不是我們工程師設計的，而是我們去跟其他公司買來，然後自己製作了電路板，組裝零件，測過產品，再包上印有公司商標的外包裝銷售。這種做法並不是只有我們一家，大家的做法一樣，產品相似，所以在國外市場上競爭時，殺價拚得很厲害，結果當然利潤不高。

這種產品最重要的價值就是上面的控制晶片，誰設計得出來，誰獲利最多。老闆當然知道這個道理，所以把ＩＣ設計當做長遠目標，遲早要做出自己的控制晶片。而研發經理就是肩負這個責任的人。

經理要我去讀資料，就是要跟我合作一起設計晶片。他的想法是，主要線路他自己設計，周邊比較簡單的線路就由我來處理。我雖然是邊學習邊工作，但是，設計像計數器這樣的簡單線路，我覺得應該沒有問題。

經過幾個月的設計驗證之後，大約到了隔年春天，我們把結果完成，聯絡了晶圓代工廠，送去生產。一個多月後，ＩＣ樣品回來，放到板子上實際測試兩週，看樣子沒有問題。老闆非常高興，能夠做出控制晶片，那麼多錢沒白花，還請工程部所有同事去一家川菜館吃飯慶祝。這件事讓我感到很有成就感。

工作的第一年過得非常順利。靜子和曼萍在我身旁，各有各的生活，也很滿意。然後，到了六月，也終於迎來各自的畢業典禮。

靜子的畢業典禮當然是溫馨又歡樂。那天是曾爸爸開車載著曾媽媽和我去輔大參加畢業典禮的。經過特意打扮的靜子看起來非常漂亮，我們一起在校園裡照了許多相片。典禮結束後，還一起去餐廳吃頓飯。

但是，曼萍的畢業典禮就不是這樣。

我有事先問過曼萍，要怎麼安排畢業那天。她回我，希望對她最好的人一起來參加她的畢業典禮。我聽了，覺得有點不可思議。

那天我是自己搭客運到關渡的，進到典禮會場後發現，曼萍的親屬這邊果真來了三個人，除了我、她媽媽之外，還有前男友。是的，她的前男友，也就是她好朋友的現任男友，長得高大挺俊，軍校畢業。我們第一次見面，而居然是在曼萍的畢業典禮。因為坐在一起，所以我跟他聊了幾句，他的談吐有軍人的那種簡潔俐落。而我很快就瞭解，曼萍是如何被吸引，又如何覺得彼此不適合。不論是出身或個性，我和他是完全不同的兩個人，但他是前男友，而我可能是她現在最親近的男生，曼萍同時找我們來觀禮。我想很少人會這樣安排，或者根本不會有人這樣做，但曼萍就是獨一無二的曼萍，她的想法難以預測，不是令人狂喜，就是讓人憂心。

典禮結束後，我們一起搭著計程車回到鬧區。下車之後，曼萍媽媽很貼心地說，今天晚上是屬於年輕人的，她要回家休息，留下我們三個人。於是，我們和邱媽媽揮手再見後，一起去一家曼萍挑選的餐廳吃晚飯。

用餐時，我和前男友並肩坐，而曼萍坐在我們兩個的對面，雖然有微妙的三角關係，但是我們聊得很愉快，就像三個好朋友。晚餐結束後，步出餐廳，我還在考慮接下來該怎麼做時，一旁的曼萍已經和她前男友說再見。當前男友消失在人來人往的街道後，曼萍回頭看著我。

「妳的前男友也走了。」我有點訝異說。

「是啊，只剩我們兩個人。接下來要去哪裡？」曼萍的笑容更加迷人。

今天要出發前，我只知道總共有三個人來參加，但不知道這整天的安排。結果曼萍把我留到最後，她讓我知道誰是她最重要的人。我的內心裡因而有一種非常複雜的感動。面對曼萍的熱情，我該怎麼回覆？

我走過去，把她抱在懷裡，在她額頭上親了一下。然後，放下所有顧忌，牽起曼萍的手在大街上漫步。今晚我們是一對戀人，好朋友那條線暫時消失了。

但是島嶼的夏夜實在太熱，走沒多久就冒汗。於是我問曼萍：「要不要去找個有冷氣的地方待著。」她當然說好。

「我們去ＭＴＶ，怎麼樣？」我說。

那時正流行著ＭＴＶ包廂。花比一張電影票多一點的錢，可以租一卷錄影帶看，可以在昏暗的包廂裡待兩小時。所以我們就路邊找了一家ＭＴＶ進去。到包廂裡，涼快多了，還能享有一段不受叨擾的私密時光。

「你有來過嗎？」曼萍問。

「沒有，但聽我同學講過。其實就是迷你型的包廂電影院。不是嗎？」我說。

「對。可是我們忘記買爆玉米花了。」曼萍咯咯的笑了起來。在這空間中，她顯得很放鬆。於是，我伸手過去輕輕撫摸著她的臉，然後再一次把她抱進懷中。

我完全沒在看電影。電影開始播放沒多久，我就抱著曼萍擁吻起來。我很貪婪地伸手到衣服底下去撫摸曼萍的身體。但沒多久，曼萍突然停下來。她從沙發上站起，要我稍微等一下。

「你這樣會把我的裙子弄皺的。」她輕皺著眉說，但不像要我停止。

說完，她走到旁邊，脫下裙子，摺疊好放在邊桌上。她只穿著上衣，屁股以下光溜溜的，回到沙發上來。臉上還露出淘氣的表情。

「這樣好多了，也比較輕鬆。」她說。

我該怎麼回應，當然立刻把她抱個滿懷，嘴唇貼上嘴唇，手往她的臀部和大腿摸索而去。我無法抵擋她的自然率真，完全屈服在她的媚力之下。

我們肢體交纏，一起享受一段熱情美好的時光。

好一陣子後，我們才恢復成單純的環抱。終於停下來聊天。

「我喜歡抱著妳。」

「我也好喜歡被你抱著。」她說。

「妳好棒。」

我再親吻了她一陣子，額頭、臉頰、鼻子、嘴唇，才平靜下來，才能開始說話。今天是她的畢業典禮，而畢業之後，有很多事需要考慮的。

「畢業啦。」

「是啊。終於自由了。」她很高興。

「再來咧，有沒有什麼計畫？」

「去找工作啊。總要先能夠養活自己。」

「妳說的沒錯喔。有去找工作了嗎？」

「還沒。不過，我有個同學已經在一家律師事務所找到助理的工作，他們還有缺，我同學問我有沒有興趣。我可能會去看看。」

「這麼快就有機會。」

「也還不是很確定。但是，我不用再住宿舍，只要找到工作，就可以自己賺錢自己花，實在太棒啦。」

曼萍顯然很期望這一天的來臨，終於翅膀硬了，可以自由飛翔。

「那你呢？你的研究所考得怎樣？」她問。

「我想一半一半吧，可能也快要放榜了。」回答時我是有點心虛的。後面這半年我的工作非常忙碌，同時又要兼顧與靜子曼萍的往來，根本沒有多少時間好好念書。所以，這場考試是在賭自己的運氣。

「萬一你沒考上，是不是就得去當兵？」

「我想是吧。那妳就必須到部隊來看我囉。」我補了一句：「最好是我考上研究所啦。」如果考上研究所，我相信曼萍還會留在我身邊。但如果去當兵，萬一調到偏遠的地方，甚至去外島，無所拘束的曼萍會跟我維持這樣的親密關係嗎？我雖然喜歡跟曼萍在一起，但是我總覺得沒有辦法完全掌握她。她有她令人著迷的特質，但也有她獨立的想望。

電視傳來優美的音樂，終於來到這部愛情電影的最後。但內容究竟演些什麼，我根本無暇注意。曼萍也是。

MTV結束後，我就送曼萍回去。在她家門口，我們再一次長長擁抱後才分開。然後，一個人走路回家。路上我內心裡激盪著許多不同的感觸。

這真是個美好浪漫的夜晚，曼萍是如此甜美，我沒辦法期待更多。我們是好朋友，我要陪她走一段路。這是我心底的假設。但是我被她深深吸引，已經到了難以自拔的程度。而每多見一次面，我想擁有曼萍的衝動升高，對她的抵抗力就愈來愈低。

我該怎麼做？那靜子怎麼辦？

其實，靜子在我心中的位置完全沒變，我從來沒想過要離開她，她是這輩子最適合跟我在一起的人。她們兩個無法比較。有曼萍，生活或許會很精彩，但只有靜子，才能讓我的每天生活很安心。我遇上一個根本不能是選擇的選擇題。

只能逃避吧。跟曼萍談著戀愛，然後還是回到靜子的家。

不，不應該這麼做。這樣做對兩個人都不公平。我應該要決斷一點，但是我在拖延，能拖一個月是一個月。

然而，不管將來如何發展，我確信現在正是我人生中最完美的時刻了。這一年來，我如願開始賺錢，完成支持家計的心願。而在目前的工作上，我有很高的成就感，前景顯得光明。更重要的是，身旁有兩個人陪著我。我感到自己很幸福，因為太幸福了，讓我只想把做決定這件事拋諸腦後。

也許哪天最好的解法會自然出現。

但是完美的時刻是不可能持久的，當一個人的感受到了幸福的頂點，跨過那一點，也必定是黯然下坡的開始。幾天後，命運開始反轉。

首先是我的研究所落榜了。

這其實是在我意料中，但內心裡不願意承認之事。我根本沒有好好準備，怎麼可能憑運氣考上。而且最重要的是，我沒有足夠的決心再回頭念書。經過這一年，我發現自己喜歡工作，喜歡工作帶來的挑戰和成就感。研究所落榜也可以讓我死心，將來專心在工作上。

我跟曼萍講結果時，她很訝異，看起來根本沒有預料到我會考不上。但這已經成為事實。再過一陣子我就會去當兵，這也會是事實。

曼萍沒有想太多，有關於她和我的未來。現在對她而言，最重要的是她已經自由了，可以隨心所欲的生活。

我告訴靜子時，她的反應就複雜許多。

她好像對這樣的結果不感到意外。她常跟我一起，大概也可以察覺我沒有那麼賣力念書。

「比較起來，你比較想要回學校念書，還是出去工作？」她問我。

「說實在的，我比較喜歡工作。」

「為什麼？」

「因為工作有挑戰，有挑戰成功之後的成就感。而唸書，走學術路線，只是做理論研究，我是比較沒有興趣的。」我老實說。

「我也覺得你想工作，而且，另一個理由是為了支撐家中的經濟。你是個很有責任感的人。」靜子這樣說時，我沒有任何回答。我不記得曾經跟她提過這個想法，但她顯然能讀出我的心底事。

「這一年你賺了一些錢，可以支持你家。而且也透過考試和工作，瞭解了自己的興趣所在。這不是很好的結果嗎。這一年很值得啊。」

我覺得靜子雖然講得沒錯，但也是用了另一種方法安慰我。落榜沒有關係，找到人生的方向比較重要。

「不過，將來你要做任何決定，包括重考研究所，我都會支持你的。」

我沒有說什麼，只是把靜子抱入懷中，親親額頭，再親嘴。

「謝謝妳。」我說。有靜子的支持，讓我對接下來的人生充滿勇氣，不會感到孤單。

如果厄運只到此為止，那根本不算壞，還有挫折中的收穫。但緊接著發生的事，就讓我很難承受。

我們設計好的新產品，送到客戶那裏去認證，居然被打槍。負責的業務說，客戶發現我們的控制晶片雖然大部分功能沒有問題，但是在某些特殊狀況下會出現錯誤。雖然那只是一個小小的錯誤，但其他廠家的沒有這個問題，所以客戶就不會用我們的。

那真是晴天霹靂。

老闆要求找出問題所在。

我和經理立刻加班，反覆測試，忙到很晚，終於證實客戶所言不虛。我們的控制晶片確實有點問題，但是那隻「蟲（bug）」藏在哪裡呢？我們一時想不出來。

經過一週感覺非常漫長的查錯工作，我們終於找到問題在哪。原本我們都以為會是在主要功能區，因為很複雜，容易出錯。但實在找不到，才開始查其他地方。沒想到出錯的是我負責的部分，而且是粗心的錯。

那就好像是一條算式，10000要加1。不小心把加號做成減號了，結果變成10000減1。10001和9999只不過差0.02%，但在數位電子的世界中，這就足以致命了。

當我看到時，頓時感到全身冰涼，好像被丟到北極洋中一樣。

經理什麼都沒說，他本來就是個沉默寡言的人，只是臉色更加沉重。

我們為此召開了一個會議，就經理、我和負責的業務三個人。

「這真的是我們的問題？」業務問。

「對。」經理露出很無奈的表情。

「沒辦法寫軟體把問題蓋掉嗎？」

「沒辦法。」經理回。

我把線路圖攤在桌上，手指出錯的地方，簡單的解釋了一下。

「為什麼當時我們自己測試時，沒有找到這個問題。」

「因為當時趕著要給客戶，所以沒有測到那麼細。」經理回。

「我們如果重做一版，確定都沒有問題才給客戶，那要多久？」

「修改和重新生產晶片要一個多月。這次我們會測仔細一點，測試可能也要將近一個月。保守一點估計，至少二到三個月以後。」

「到那時候，客戶都已經拿別家的產品去量產了。我們再送去，他們不一定要測我們家的了。」「這個客戶我跟了好久好辛苦，他們家的採購亂難搞的，我幾乎是求爺爺告奶奶才獲得這個機會。我們是小咖啊，只有One-Shot的機會。」

「沒有辦法，出錯就出錯了。你比較辛苦。」經理說。

「經理啊，你知道老闆一天到晚逼我去拿訂單，好像我在偷懶不做事。」業務把雙手架在頭頂，身子往椅背一攤，臉上露出驚恐又有點責難的神色繼續說：「我們設計不出來也就認了。都設計出來，還出現這種錯誤，多幾次送到客戶那裏被退回來，我跟你說，會死人啦。」

我可以理解業務被夾在客戶和公司老闆之間的壓力，但也沒有什麼更好的方法。我們只能盡力補救，只是不知道還能不能救得回來。

會議結束後，業務起身離開，經理突然轉身向我，以有點嚴厲的口吻跟我說：「你怎麼那麼粗心，下次要細心一點啦。」

這句話給我強烈的震撼，我的身體甚至因此而有一小陣發抖。經理究竟是怪我，只是沒說出口而已。我一直很敬重很欣賞經理，雖然不擅表達，但是默默做事不與人爭，用紮實表現成為整個公司的中堅。他對我也很好，一直鼓勵我努力學習。結果，我被我視為榜樣的經理責難了，對我真是難以言喻的沉重打擊。

經理後來把我做的部分拿回去自己做了，整個案子他自己負責。我只要在新版晶片回來時，負責測試就可以。等於是我所有努力被塗銷，我有說不出的難過。

因為工作上的挫敗，我的心情低盪許久，也被靜子注意到了。她問我原因，我也詳實解釋。靜子鼓勵我不要氣餒，要再接再厲，再怎麼說，我都只是一個剛出社會一年多的新人啊。

那個週末也許是要振作一下我的心情，靜子找我去她家吃飯，曾爸爸和曾媽媽也一起。靜子炒了兩個菜，再向樓下附近餐廳訂了幾道料理，算是很豐盛的一餐。我們吃得很好，聊得也很愉快。

餐後，靜子說要和曾媽媽出門去買幾樣東西，她們就一起出門，留下我和曾爸爸兩個人。

「來，我們來喝個茶。你喝茶吧？」曾爸爸說，在她們兩人出門後。我點點頭。

曾爸爸體材中等，皮膚黝黑，雖然沒那麼老，但已經滿頭白髮。看起來像是個殷實的生意人。平常我們有機會在一起時，他很少說話，總是帶著微笑，等著人家問他時回說，好，好，可以，可以，我這樣就夠了。

他推了一個有輪子的小餐桌過來，上面有小瓦斯爐和煮茶的茶具。他很熟練地煮開水，泡茶，用初泡茶把茶杯熱過一遍，第二泡進茶杯後，才端到我面前。

我趕緊站起來說：「謝謝，謝謝。」讓他麻煩，有些不好意思。

他要我坐下來，邊喝邊聊天。我們兩個靜靜地品嘗一陣子後，他才開口。

「味道還好吧？」他問。

「雖然我不常喝，但是這茶很好喝，有種特別的清香。」

「這確實是好茶，還不錯。」他說。

我們又多喝了幾口。享受著溢滿口中的甘醇。

「你爸爸媽媽最近身體好嗎？」曾爸爸突然問。我也照實回答。

「我爸爸車禍回來，經過休養之後，看來已經完全康復。現在比較大的問題是，他閒不住，會到處跑。我們還是希望他多休息。」「我媽就是高血壓的老毛病，現在就是吃藥控制。目前也沒什麼大問題。」

「這樣很好，健康是最重要的。顧好爸媽的健康是對的。」「我聽靜子講，你買了個血壓計給你媽媽。看起來你跟你爸媽的感情很好。」

「我是長子，爸媽從小就很疼我，所以我們感情很好。」

「在一個家庭裡，大家的感情是最重要的，其他都是其次。像我們家感情也很好，尤其我們只有一個獨生女。」

「靜子其實不像獨生女，她很體貼細心，也不會依賴任何人。」我說。

「對，對，你說的沒錯。所以，我們很疼她。」

我們又靜下來喝茶。過一會兒，曾爸爸才繼續說話。

「你最近工作怎麼樣？」他問我。

他沒問我研究所考試，但是問我工作，難道靜子都跟他說了。

「工作還好。」考慮一下還是說了：「最近是有遇到一些挫折。我接手的一個案子因為我的疏忽，結果失敗。」

「公司有什麼損失嗎？」

「重做至少要花掉幾十萬台幣，而且可能會丟掉一個大案子，我們的業務很不能諒解。」

「那還好啦。做研發，本來就要投資，哪有人說一定要成功。案子掉了，再找就可以。只要東西好，不怕沒客戶啦。」

「但是，我還是覺得有點難過。」

「你太有責任感了。你才畢業也不過一年多，路還長得很。失敗也是一種難得的磨練。」

「我開這家公司，也曾經犯過錯，虧了一屁股，差點倒掉。但是就是不放棄啊，咬著牙苦撐，繼續努力，還是讓我熬過來了。」

「我有聽靜子大概說過，曾爸爸很厲害，才能有今天的局面。」

「嘿，嘿，也沒有啦。就是不放棄啊。」「你知道我做什麼嗎？」

「好像是防水工程，抓漏施工嗎？」

「是也不是。是防水沒錯，但不是家庭中那種抓漏防水，我們是專做工廠的防水處理的。現在不是有很多新的精密工廠，會要求廠房地板防潮防酸嗎。我們是專接那種案子。這種案子不是一兩個人能做，所以我在土城有家工廠，有一個十幾人的團隊。」

「喔，那是有相當規模。這並不簡單。」

「小生意啦。如果你有興趣，哪天我也可以帶你去看一下工廠。」

「我不是那一行的，可能也不大懂。」

「唉呀，這也沒有多大學問，我跟你解釋一下你就會懂。也算都是工程的東西，你一定一下子就瞭解的啦。」

「好吧，如果有機會的話。」我說。

「但是，你現在的工作還是要好好做喔。」

「我會的。就像曾爸爸這樣，繼續努力，絕對不放棄。」

這是我第一次跟曾爸爸講那麼多話。後來我問了靜子，是不是她故意安排讓她爸爸跟我講講話的。她說不是，她就是剛好跟媽媽必須出門去買個東西。我繼續問她，那她爸爸跟我說這些話有沒有什麼特殊的用意。她說她覺得沒有，只是聊聊天而已。不過，她說她爸爸是個閱歷豐富而很有毅力的人，跟他聊聊天，聽聽他的經驗，對我也有幫助，不是嗎？這一點我就無法否認。

工作的處理告一段落，我也只能咬緊牙根繼續努力，原本以為可以平靜一陣子。沒想到曼萍這邊有新的狀況，讓我的心更加煩憂不已。

曼萍接受同學建議，去律師事務所當助理，生活變得自由，也開始有自己的收入。我不用再寫信給她，如果我們要找對方，只要打電話到公司去就可以找到人。那我們怎麼安排見面。以前週日晚上一定會碰面，我固定要送她去站牌搭車回學校，但現在不需要了。

理論上我們只要不上班時都可以約見面。但是當她有空，想去逛街或看場電影，打電話給我時，卻常常聽到我說工作很忙或這週末不行。她應該猜得出這只我的藉口。次數一多之後，她就有些不快。但她會壓抑這些情緒，藏在心底深處，所以我們見面，她還是熱情迷人的那一面，只是偶而不小心埋藏的情緒會冒出來。

有一次我們在公館附近用餐，快吃完時她突然心血來潮，想到校園的醉月湖畔散步。我跟她說不行，待會兒得去公司看看。結果，那天她就不要我送，堅持自己一個人回家。

又有一次她很興奮的在電話中，跟我討論第二天要到七星山爬山之事。我跟她說，我可能不能太晚回來。結果，她乾脆就取消第二天的約會。

我不會怪她太情緒化，問題根本是在我身上，我另有牽掛。我陪她過了大學的最後一年，做了我想做的。但我對她畢業之後，沒有任何規劃（何況我得去當兵），她的優先序總是排在某人或某些事的後面。這對她不公平，也是非常不負責任。我覺得已經是時候，必須做個決斷，否則我不是繼續傷害她，就是傷害靜子。但我一直拖延一直拖延，只要看到她躺在我懷裡那張甜美的笑容，我就做不了決定。

結果，是她先開口的。

「嘿，我去申請美簽了，結果AIT給我六年的簽證。」她跟我說。

「什麼，美國人為什麼對妳那麼好?他們那麼需要妳嗎?」

「我哪知，面試完，沒有任何刁難，他們就給我六年啊。」曼萍邊說邊開心，做著搖頭晃屁股的俏皮動作。

「妳真的要去美國?」

「我有同學去美國念書，她一直叫我去跟她一起住一起玩啊。」

「那工作怎麼辦?」

「辭掉啊。助理的工作亂無聊的，而且我那老闆每天都色瞇瞇的看著我。」

「妳老闆不是結婚了嗎?」

「是啊，小孩都不小了。前幾天他還說要慶祝我滿三個月，實習期滿，要請我去餐廳吃飯。餐廳由我挑，就我們兩個人喔。」

「什麼，妳老闆這樣，企圖太明顯。」

「對啊，而問題是我又不喜歡他。辭掉也好。」

「那什麼時候去美國？」

「我一直跟我同學有聯絡，只要我這邊的處理告一段落，應該隨時都可以準備出發。」

那天我還是抱她在懷裡，跟她親嘴，撫摸她的身體。她是很開心，像往常那樣的吸引人，但是我的內心裡卻有些傷感。她一旦去了美國，再回來，我應該已經去當兵，我們將會有很長一陣子無法見面。而我甚至有種很不好的預感，也許她離開的那一刻，就會是這一段美好關係的結束。

是她替我做了決定，用美國行做了決定。如果我愛她，我會想盡辦法挽留她。如果我的選擇是別人，那她在這裡也就沒什麼好留戀了。

我沒有留她，不能那麼自私。她好不容易有個更好的選擇，我應該祝福她。

曼萍安排好行程，買了機票。在上飛機的前一天跟我約見面，我沒有任何理由可以再說工作忙碌。

我們先去餐廳吃飯，再回到我住的地方聊天擁抱。還好已經接近十月底，天氣變涼快了。

「我可能不會那麼快回來喔，如果可以找到打工工作，或許就在那邊打工並唸語言學校。」

「好不容易跑那麼遠去，能夠待久一點，多看一些地方，當然是好的。」

「你應該快要去當兵了吧。」

「還在等兵單，來了，我就得去。」

「那當兵要小心一點，安全的回來喔。」

「我會的，我會小心。這次妳去之後，我們下次再見不知道什麼時候。」

「不知道耶，人生很難說。」曼萍對自己的未來從來沒有準確的計畫，她就是生活在她的直覺之上。所以我也知道，未來真的很難說。

最後一次見面，我仔細地摸摸她的臉、頭髮、手臂、胸部和臀部，我想把感觸刻在心裡，在看不見彼此的日子裡用來想念她。她則別無所求，只是喜歡被擁抱，享受著兩人依偎著的溫存，享受這一刻。

她待在我房間裡比我原本預定的時間久了一點，也許是捨不得離開。我開始有點感到不安。因為我跟靜子有約，待會兒她有事要過來找我，我無法拒絕，只能稍微延後。所以我有點緊張。不過，我知道曼萍待會兒還要去城中辦事，再拖也不會多晚。

果然，她起身要離開，我趕緊送她去站牌搭車。看一下手錶，靜子還要半小時才會到，應該沒有問題。

「我到那邊安頓好，再寫信給你。」曼萍說。

「好的，我們又要恢復過去那種通信的日子，只是這次距離更遠。」

「你會想我嗎？」她問。露出楚楚可憐的模樣。

「我會非・常・想・妳。」這是真心話。

「跟我抱抱。」曼萍伸出雙手。所以，我也伸出雙手把她抱個滿懷。她深深吸口氣後，才跟我分開，揮手說再見，轉身上了公車。

我會想念曼萍的。但是當她離開後，我鬆了口氣。

公車走後，我看看手錶，離約定的時間還有十五分鐘。乾脆不上樓，直接走往站牌等靜子。我抬頭尋找來自大直的公車。一輛公車就剛好入站，一個熟悉的人影就在車門，可是公車的方向不對，而且那個人影是正要上車。我嚇了一跳，趕快衝過去。可是公車已經起步離開。那個人是靜子嗎？為什麼是上車，而不是下車？我嚇壞了，但是我說服自己，那只是一個跟靜子長得相似的背影而已，靜子還沒來。所以，我在站牌等下去。

半個小時後，我有些懷疑，開始胡思亂想，萬一是靜子該怎麼辦？如果是靜子，她是不是看到我跟曼萍了？我不敢再想下去，因為不知道該怎麼解釋。

然後，一個小時過去了，我已經確定靜子不會來。靜子很少遲到。我非常沮喪。

我去找了公用電話，打電話到她家。曾媽媽說，她出門還沒回來，不是來找我嗎？

我簡直要崩潰。沒有辦法，我只好先回租處等著，但是一直沒人來敲門。我也沒辦法做任何事，腦筋中盤旋的是，如果靜子看到了，該怎麼辦？

一個多小時後，我再下樓到公用電話亭，撥了電話過去。還是曾媽媽接的電話，她說，靜子回來了，但是她說人很累，要先洗澡睡覺，有什麼事明天再說。

完了，靜子看到了，我心想。我就像一個在犯罪現場被逮到的現行犯那樣，只差手上沒有手銬。我傷害了靜子，我傷害了她對我的信任。

第二天我又打電話過去。結果，她早上出去，晚上不想接。曾媽媽問我，你們是吵架了嗎？我該怎麼回。如果是吵架，那還好，我一定立刻道歉。但現在，我道歉還來得及嗎？

回到住處，在桌邊一個人獨處時，我有很深的無力感。我會失去靜子嗎？我突然憶起當年失去佩珊時的感覺，我又再次漂浮於黑茫茫的深淵，探不到底，摸不著邊，不知道該怎麼辦。當年我可以怪老天怎麼可以那麼殘忍，這一次我要怪誰，我只能怪我自己。我享盡溫柔，又猶豫不決，造成這樣的結果。回想這幾年來我跟靜子的相處，她是那麼好，溫柔體貼，處處為我著想。我們共同鋪好了通向未來幸福的紅地毯。結果我還不滿足，用了最不堪的方式傷害她。

全部都是我的錯。我該被懲罰，但是靜子是無辜的。如果有任何方法可以彌補，我都應該要努力。

不行，我不能失去靜子。我相信，她沒有了我，也不會快樂。

我沒辦法挽回佩珊，但這一次我或許還可以挽回靜子。我一定要挽回，我不願再去承受失去摯愛之苦，那實在太苦了。但是應該要怎麼做呢？編一個瞞天大謊，一切都是誤會，靜子會接受，然後重回我身邊。這辦得到嗎？為了圓一個謊，要再編多少謊，而事實是我根本不大會說謊。如果是說真話呢？把一切都說出來呢？她是會更加生氣，從此不願再見我，還是能夠原諒我？如果我說了真話，就是把所有的掩飾都拋棄，我赤身露體，就只能等著聽宣判。

這個晚上我躺在床上，翻來覆去，完全睡不著。

八、重新回來的熟悉舞步

靜子三天不接電話，是已經絕望，還是等我坦白？而我在謊言和實話之間搖擺，猶豫一陣子，最終堅定地寫了一封信給靜子。我已經傷害到靜子，必須停止，不管是以任何一種方式。

妳看到的是真的，事情就是妳想的那個樣子，而全部都是我的錯。

但是，我是那麼愛妳，無法想像未來的生活沒有妳，在妳把這封信撕毀之前，能不能聽我把故事說完。

大二升大三那個暑假，我在舞社暑期班認識一個女生。活潑可愛喜歡跳舞的女生。這本是極平常之事，而她也知道我有女朋友。第二年暑假她又來我們系上COBOL課，因為幫助她的關係，我們兩個人變成好朋友。

她念基督書院，平常都住在關渡的宿舍裡，而我認為自己可以掌握得很好，定義只是朋友關係，所以我們在一定距離外，維持著通信往來。

但是，我錯了。我沒有信守對自己的承諾，我過界了，發現自己有點喜歡這個女生，她也漸漸喜歡上我。然而在這感情變化的過程中，我無法完整解釋，我反而確認了靜子是我的最愛，是今生的唯一選擇。

我開始有些痛苦。我在感情上是如此的懦弱，無法鐵下心來，反而是她做了決定。她申請到美國六年簽證，要去美國讀書工作。妳看到的那個晚上，是她上飛機的前一天，她來說再見。

我內心裡知道，這很可能是我這一生最後一次見到她。

妳想知道，把妳的時間給我，我什麼都會說。

我是那麼愛妳，除了對妳完全坦白之外，已經無路可走。

如果妳要我離開，我會轉頭離去。但，帶著破碎的心。

我把信寄出去之後，心情平靜了一點，我的錯誤留給靜子來裁判。

幾天之後，沒有絲毫動靜。一週之後，仍舊沒有任何回信或電話。當我完全墜入那樣無望的心情，認命地要離開靜子時，公司的電話響了，但不是靜子，是醫生找我。

「我們好久沒見了，要不要來我們家吃個飯。」醫生說。

「我們幾年沒見？」我問，有一點茫然，原本以為會是靜子。

「可能有三四年了，你最近好吧？」

「三四年，那麼久了喔。我還好。」我遲疑了一下：「可能沒那麼好。」

醫生大概沒聽清楚我最後那一句，沒有多問，直接說：「來吃飯吧。」

「好。」我回。我的心情十分低盪，去醫生那裏聊聊天也好，或許可以轉換一下心情。

我還記得醫生家的位置，週五晚上我就搭公車再過去她家。

進到她家時，我有點訝異。阿桑夫婦不在，她們家有點凌亂，沙發上擺著未經整理的衣服和書籍，旁邊地上散放著幾個紙箱，看起來像家私被翻出來，又還沒整理完。

「妳家怎麼有點亂，發生什麼事？妳爸媽咧？」我問。

「我爸媽跑掉啦。他們跑掉前弄得亂七八糟。」醫生回。

「跑掉了，什麼意思？」

「你上次來沒有覺得很奇怪，怎麼我爸媽會來這裡跟我一起，我爸明明在台中開工廠啊。」

「我以為他們北上來看妳。」

「不是啦。他們是為了躲債，跑來台北。」

「躲債？工廠倒掉了嗎？」

「你知道我爸那種人，開工廠賺了點錢，就開始膨風。到處交朋友，炫耀。結果被一些爛朋友帶去賭博，然後欠了一屁股債，連工廠都賣了還不夠還。只好到處躲。」醫生講的時候是有一點憤恨的語氣的：「我記得你爸也很重朋友，我爸這點跟你爸很像。」

「死愛面子，什麼都跟著朋友走？」我說。

「就是這樣，害死人，把全家都拖下水。」醫生繼續說：「他們躲來這裡，後來又被債主找到，債主威脅他們，兩個人嚇得連夜跑掉了。現在可能藏在某個山上，我也不知道在哪裡。」

「你爸媽跑掉了，那妳怎麼辦，債主不會找妳嗎？」

「能怎麼辦，繼續念書實習啊。他們不會對我怎樣的啦，抓我去賣，也賣不了幾個錢。但我將來是要當醫生，只要留著我，緊盯著我，遲早我可以賺錢還他們。」「他們最好還要鼓勵我好好念書哩，這樣我才可以找到比較好的工作，快點賺錢還他們。」

我真難以相信，發生這種事，而醫生那麼勇敢。從我認識她開始，我就覺得她像個女漢子，做事篤定而意志堅決。每次和她談話，都感覺有收穫。今天來，她給我的故事，對我簡直是一種激勵。人生永遠不會到絕望的地步。

「妳真的很辛苦。」我說。

「遇到了也沒辦法，日子還是要過。」

「對，日子還是得過。」我想到的卻是失去靜子之事。

「不管怎樣，先填飽肚子。」醫生說。

「那我們今晚要吃什麼？餃子嗎？又要我幫妳包。沒有問題喔。」

「沒有啦，今天不吃餃子。」

「那吃什麼？日本料理？」

「日本料理，吃那麼好。我們要吃泡麵啦。」醫生用力強調。

「什麼，更糟糕，居然要吃泡麵。」我其實不會感到意外，也完全不在意。

「好啦，多加一個蛋。這樣可以吧。」

她真的拆了三包泡麵，煮成一鍋，要熱好前，打了兩顆蛋進去。我盛大碗，她的小碗。我們就這樣吃起了今晚的晚餐。

吃到一半之後，醫生突然說了：「你這樣不好喔，腳踏兩條船。」

我停了下來，稍微整理一下心情。果真，她是因為這件事才找我來，我嘆了口氣，才低聲地說：「都是我的錯，我傷害了靜子。」

「當時我介紹這家教給你，其實另一個原因也是覺得靜子是很棒的一個女生，覺得她可能跟你很合適，而你們也果真來電。」

「非常謝謝妳。是我自己搞砸的。」

「她在電話中跟我說時，哭得很傷心，幾乎講不下去。你還當場被人家看到，這傷害可大了。連我想幫你說情，都不知道該怎麼做。這到底是怎麼一回事。」

我只好把跟曼萍認識的經過仔細再講一遍。但我鄭重地強調，如果還有挽回的機會，靜子是我今生唯一的選擇。希望醫生可以想辦法幫我。

「從一開始，你就不應該去接近另一個女生。」「現在被她親眼看見，我也不知道該怎麼辦，她還在難過中。」「你實在不應該這樣做的，她是那麼好的一個女生，又是你的第一個女朋友，沒有好好珍惜。」

聽醫生這麼說，我遲疑了一下，醫生看出我不確定的表情。

「她是你的第一個女朋友，對吧。不是你的初戀嗎？」

我壓抑住攪動的情緒，裝平靜的說：「不是，我還有個青梅竹馬的女朋友。」

「什麼，你還有一個青梅竹馬。」醫生瞪大眼睛，露出不可置信的表情：「那她人呢？你們分開了嗎？」

「不是分開，她在我進入大學之前，意外過世。」

我仍然壓住自己的情緒，把跟佩珊從小學以來熟識的過程，直到那次意外，講了一遍。我說原本以為，這輩子就跟佩珊一起了，但命運不是這樣安排。醫生靜靜地聽著，顯然她感到很意外。

「難怪在你們第一次家教之後，靜子跟我說，你看起來很冷漠，教課過程中沒有什麼表情。是一直到第二次之後，你跳舞給她看，她才稍微改變對你的看法。」醫生說：「你青梅竹馬的過世一定讓你很難過。」「我覺得很遺憾。」

醫生這麼說時，我已經控制不住，眼淚幾乎要掉下來：「現在我生命中第二個最重要的女生也要離開我了。」

我們兩個都沉默下來。

「讓靜子先沉靜一陣子吧，她可能還沒辦法接受，也許將來還有轉圜的餘地。」醫生最後這樣說。

吃過晚餐，我就帶著沉重的心情離開了。

我除了等待之外，仍舊只有等待，沒有任何其他方法。

沒想到三天之後，靜子打電話來了。接到她電話的那一刻，聲音還是那麼熟悉，但有種彷彿隔世之感。

「我不知道你有個青梅竹馬。」靜子以緩慢的語調說。

「所以，我很明瞭失去所愛的感覺。」我說：「我沒有辦法再承受一次這樣的打擊。」

「我很遺憾，她的意外過世。」講到最後幾個字，靜子聲音有點顫抖。

我什麼都沒說，停了一下，然後才說：「我很想妳。」

靜子也什麼都沒回，電話傳來輕微窸窣的聲音，應該是在哭泣。在靜默中過了一陣子。

「我也是。」最後她說。

我們的電話沒講多久，但是靜子答應晚上過來找我，把一切說清楚。

晚上她來了，還沒有開口，就開始哭，淚流滿面。我趕緊抱著她，想要安慰她，但卻兩個人哭成一團。

「我錯了，我實在很抱歉。」我流著淚說：「但妳千萬不要離開我，讓我有機會彌補妳。」

「你以後不能再這樣對我。」靜子回我。哭得更厲害。

「我不會了，我會一輩子愛妳。」

在淚光中，我們終於和好，靜子重新回到我身邊。那一場因為我的懦弱所引起的滔天巨浪也終於平息。我再三保證後，靜子選擇原諒，我們回復成愛人的身分。

之後有一陣子，我們過得小心翼翼，深怕傷疤再被掀開，但靜子究竟是非常溫柔的一個人，她包容了所有的不堪。

這時我的兵單也到了，該去當兵。靜子跟我說，她一定會等我回來。

兩年後當完兵，靜子開心的迎接我回來，我也另外去找了工作。

再過兩年，在曾爸爸頭期款的資助之下，我們在富錦街買了一棟老公寓後，也就結婚。幾年後女兒生出，帶她去小公園遊玩時，認識了隔壁鄰居，一對在日商工作的夫婦，他們恰巧也只有一個女兒。後來我們兩家成為好朋友，偶而還一起吃飯，開車出遊。靜子是女兒出生沒多久，就辭掉廣告公司工作，回家專心當主婦的。我則是在隔壁鄰居先生的介紹下，轉到日商工作。一切都很順利，日子過得平靜而美好。

再幾年後，年輕時的風浪已經了無蹤影，靜子可以很平靜地跟我提及佩珊或曼萍那些舊事。有次回台中，靜子還跟我回去看互助新村的舊家，以及模範新村佩珊的舊家（她們家人早就遷離）。靜子似乎有一種複雜的心態，好像覺得是佩珊在冥冥之中幫助了我們。

二〇〇三年的某一天，女兒七歲大，晚上已經可以自己睡，不用人陪。靜子在哄她入睡後，回到主臥室來。看看時間還早，我便和她做愛。靜子很喜歡跟我做愛。她雖然已經是媽媽，當家庭主婦好幾年，但長期做瑜伽，身材維持得很好。該圓、該凸、該軟的地方都沒有變，所以我也很享受深夜時抱著她在床上溫存。我壓在她身上激烈的做愛，一直到忍受不住了才射精。筋疲力盡之後，我翻過身來躺在床上。她像往常那樣，半趴在我胸腹之上，近距離的看著我的陰莖和蛋蛋。她很親暱的搖搖我的陰莖，摸摸我的蛋蛋，甚至靠過去親吻，好像在獎賞它一樣。然後才抬起頭來，很調皮地跟我說：「這是我的喔。」我喜歡跟靜子做愛，也是因為這些親密的小動作。

十五分鐘後，我起身想去沖個澡，這時候家裡的電話突然響了。我看看時間，快十一點了，怎麼會有人這時候打電話來，我有點納悶。

我走過去接了電話，是一個男聲。

「喂，請問是智凱學長嗎？」對方說，我聽不出來是誰。

「我是。請問你是哪位？」

「我是舞社的文宏啦。」

「什麼，你是文宏，你怎麼會有我的電話？」文宏在醫院當醫生，但從我畢業之後，我們就沒再聯絡。

「我是從怡君那裏拿到你的電話的。」沒錯，怡君跟我還有聯絡。

「是這樣的，有件事要跟學長講一下。」

「惠敏學姊今天下午在我們醫院生產，產後血崩，我們緊急搶救，花了四五個小時，終於把她救回來。」

我聽了，嚇一大跳：「什麼，很嚴重嗎？要救那麼久。」惠敏跟我同屆學舞，我們很熟，這消息讓我很緊張。

「非常嚴重，心跳和血壓一度非常低，我們差點以為就要失去她。」

「為什麼會發生這種事？」

「這跟每個人的體質有關，沒有什麼直接的原因，就是運氣不好。」

「現在沒事了嗎？」我很關心的問。

「沒有，還是很危險，我們把她移到加護病房觀察，如果二十四小時後，沒有什麼新情況出現，才算安全。」

「這聽起來很可怕耶。」

「我只能這樣說，希望老天保佑學姊一切平安。我想她應該會平安渡過的。」「學長，先這樣，我還要去通知其他人。」

「文宏，辛苦你了。不論發生什麼事，一定要記得通知我。」

「我會的，學長。」文宏說完，掛斷電話。他會這樣一個個通知，一定是很緊急。我衷心希望惠敏可以平安渡過這一關。

靜子問我是什麼事。我跟她說了，舞社同屆的一個女同學，因為產後血崩，差點失去生命，現在還在加護病房。說完之後，我擁抱了一下靜子。女人生產這種事多少還是令人擔憂。

幾天後，文宏又打電話來，這次是報平安。惠敏移到普通病房休養了，總算讓我感到鬆了一口氣。他說，週六早上有好幾個舞社同學約好要去看惠敏，問我要不要來，我當然說好。

畢業十多年了，平常各忙各的，我除了一兩位舞社同學之外，都沒有聯絡。不知道會有什麼人去看惠敏。

週六早晨我來到醫院，找到病房，還沒開門，就聽到裏頭傳來人聲，夾雜著笑聲和掌聲，而且聽起來人不少。當我開了門走進去，立刻發現一群老面孔簇擁的病床前，金金正擺手搖臀跳著舞。看到我進來，大家都轉頭過來看我。

「啊，不好意思，我是來探病的，好像走錯場子了。」說完，我轉身，假裝要離開。離我最近的毛毛和秀娟同聲說：「智凱，你進來啦，沒錯啦。」然後就把我拉回來。

「發生什麼事，怎麼會有人在這裡跳舞，這是老萊娛親的概念嗎？金金娛惠敏。」我笑著說。

「沒有啦，我們在問誰還有在跳舞，金金說她有，而且是夏威夷舞，我們要她跳來看看，還真的跳得很棒。」毛毛說。

「那麼多舞可以學，為什麼學夏威夷舞？」我問。

「啊，我就去夏威夷留學，乾脆在那裏學了幾年夏威夷舞。」金金回我。

「噢，原來如此。不好意思，被我打斷了，那要不要繼續，我也要看看。」我說。

於是，金金又跳起夏威夷舞。跳完，大家鼓掌，有人還喊Encore。

「小聲一點。我們今天是因為文宏，才有點特權，不然，會被護士趕出去。」秀娟說。

「沒有啦，我們實在是太久沒聚了，十幾年了，好不容易有機會聚在一起，才有點太興奮。」幸江解釋。

「啊，其實，ㄟ，我今天是來看惠敏的。」我說。

大家突然想起來了，都轉頭過去看床上的病人。

「喔，終於有人想到我啦。」病人從床上發聲了：「他們聊得好嗨喔，好像他們就是約好了，要來這裡聚會聊天的，不是來探病的。」惠敏的臉看起蒼白。不過這樣說也不對，她本來就是小臉白底，白上加白，其實看不大出來病容。

聽到她這樣說，一堆女生跑過去環擁著她，安慰她說，她福大命大，將來一定長命百歲。

看到這樣子，化中湊熱鬧也說：「學姊，我可不可以也抱一下。」

「化中，你不要想亂來喔，你老婆就在你旁邊。」毛毛說。

「沒有啦，我只是要以實際行動支持一下學姊嘛。」化中笑著回。

「化中不敢造次啦，麗君生了四個男生，再多管他一個，不是什麼問題啦。」錦汝這麼一說。所有人的目光從病人轉到化中的老婆，小小個子的麗君身上，充滿著讚嘆的表情。

這時候門開了，走進來幾個漂亮女生，病房一下子亮了起來。

「哇，貴婦四人幫來了。」建宏說。

「為什麼說是貴婦？」我問，因為我跟這四個財金班的學妹都沒聯絡，不知道她們後來的發展。

「因為她們的老公有的是醫生，有的是投資專家，有的是賺夠錢了不想工作，全部回家當主婦，專責喝下午茶。」建宏繼續說。

「亂講，當家庭主婦很累耶，不然換你來試試看。煮飯洗衣，打掃還要照顧小孩。哪是什麼喝下午茶，簡直是用青春換家人快樂。」最活潑的養養嗆建宏說。

大家又笑成一團。這時候床上病人又緩慢地舉起手來：「ㄟ，我還在這兒。」四個學妹趕緊擠到床頭，也輪流問候一下躺在病床上的惠敏。

然後，香茹也來了，聽建宏說，她是獅子會分會長。這很令人難以相信，她在年輕時是看起來有點迷糊樣的人，不會想到日後的改變。

宜蘭的大個子和翠燕也來了，台中的弘易和昭文也特地北上。我想如果是專門辦個聚會，恐怕還到不了那麼多人，惠敏的一場身難居然把所有人都圈在一起。

人實在太多了，你一言我一語搶著發言，很難照順序，所以也就各自聊開。雪櫻和引恆夫妻剛好站在我旁邊，所以我也就跟他們聊。

「學姊，妳現在在哪裡工作？」我問，雪櫻是個精明幹練的女生。

「我在艾司摩爾ＡＳＭＬ當稽核，這家公司你應該知道吧。」

「我不知道耶，什麼樣的公司？」

「專門賣設備給台積電啊，那個很賺錢的台積電啊。」

「噢，是喔。那妳公司應該很不錯。不過，妳提到台積電，令我想起，我倒有一個大學室友，退伍之後就到台積電上班，一直待到現在。我們都叫他相公，是一個很有趣的人。」

「什麼，他是打牌常輸嗎，還是怎樣？」

「沒有啦，叫他相公，只是尊稱而已。他好像不會打牌。」「去年我在同學會上遇到他，他跟我說，他什麼都沒有，就是股票一堆。讓人羨慕得要命。」

「哇，他賺翻了。他的家人一定很幸福。」

「嗯，他孤家寡人一個，沒有結婚。」我說。

「那，他是同性戀嗎？」雪櫻壓低聲音問我。

「我確定他不是。」

「同性戀又不會寫在臉上。」雪櫻跟我使個懷疑的眼色。

「因為我們在宿舍時，有幾次偷借餐廳的電視半夜看A片，我同學總是擠在第一排跟著看。」

「什麼？半夜偷看A片。」雪櫻轉頭看著她的丈夫。引恆是大我三屆的學長，也住過宿舍。他露出尷尬的神情說：「年輕人血氣方剛，難免的啦。」

我繼續說：「我那同學只是不想結婚，覺得結婚是一件麻煩事，如此而已。每個人有每個人的選擇啦。」

我這樣說，雪櫻應該瞭解了。

「那你咧？你現在做什麼工作？」雪櫻回過來問我。

「我啊，待過台商、日商。六七年前我岳父年紀大了，所以我辭掉工作，接了他的工廠。」「這工廠是做防水的。」

「防水，是家庭抓漏嗎？」

「不是啦。我們是專做工廠廠房的防潮防蝕的。最近我們就在努力爭取台積電的案子。」

「哇，抓得到就發了。」

「不容易，但就是要努力。」

這時候門開了，又有人進來，是桑妮和榮東，他們兩個後來結婚了。桑妮還像當年那樣神采奕奕，一進來就熱情地跟每個人打招呼。看著她開朗的笑，我有種複雜的感受，這感受讓我想起河堤上的月光，以及浪漫的寇西卡。

我不好容易才逮到機會，拉她到一旁問幾句。

「妳還好嗎？」我是關心她。

「我很好啊，一切都很順利，你咧？」

「我也很好，有房子，有小孩，有穩定的工作囉。就這樣。」

「我本來也在一個藝術協會工作，專門舉辦展覽活動。生了老二之後，榮東要我回家帶小孩。所以我現在是家庭主婦，生活很平穩。也許等到小孩大了，再出去工作吧。」

我猶豫了一下，但還是問了：「妳媽媽咧？」

「跟我們住在一起啊，她跟榮東處得非常好。我們就是一家人。」

「那非常好，非常好。」我突然覺得鬆了一口氣，好像河堤上的生命之路終於有個完美的結局那樣的感覺。桑妮講完話，就忙著去跟其他人說話了。我們是好朋友，不會變的，我是這麼認為。

最後一個到的是銘欣學長，他出現時立刻奪得所有的目光。

他穿著黑色的正式服裝，而在領子中間露出一小截白色。

「剛剛在教堂主持一場婚禮，還來不及換衣服就過來了，怎麼樣，惠敏還好嗎？」他顯現出有點焦急的模樣。

「我很好。」床上的惠敏說：「只是他們一直講笑話讓我笑，害我肚皮上的傷口有點痛。」大家又笑了。

「惠敏很好，那很好。希望妳趕快復原喔，我會為妳禱告。」學長說。

「學長，你變成牧師了。」因為毫無預期，我感到很震驚。

「是啊，服侍主是我現在最重要的工作。這裡有教友嗎？」昭榮、如寧和淳霖都舉起手。他們幾個開始對話，聽得出來，信得很虔誠。

我很震驚是因為學長的新身分超過我的想像。

年輕時銘欣學長是我的表率，我總是期望能成為他那樣的人。陽光開朗，舞技高超，跟所有人接近，並受所有人喜愛。他同時也是改變我生命樂章的人，他在我因為佩珊消失而沉落的過程中，伸手向我。對於他的轉變，我實在有太多的疑問。他畢業後去了哪裡？他談戀愛的對象是誰？他有沒有結婚？他是受到什麼樣的命運波折嗎？不然為什麼選擇當牧師為職志？我心中有太多的問號。但這個場合，在這麼多人的關注下，我找不到機會問他。然而，我繼續想想，這些問題重要嗎，他看起來跟過去一樣的明朗健康，顯然他非常喜歡他目前的狀況。他做了他的選擇，就像相公也選擇了他的人生。愛其所愛，也許這就是最完美的人生。

我後來沒有問學長任何問題，我們只在錯身時簡短說了一下話。

「喔，好久不見，你這幾年好嗎？」他一如往常的熱切。

「我非常好。你看起來都沒變，也很不錯耶。」我這麼回他。他用寬實的手拍拍我的肩膀後，就去跟其他人聊天。我想他會是一個很快樂，同時也帶給大家快樂的牧師的。

所有人繼續吵雜的聊天，看樣子惠敏也沒有什麼問題。不一會兒，中午快到了，有人提議趁這個機會中午一起去餐廳吃飯。很多人都說好，但還是有些人因為另有行程沒辦法參加。我也是其中之一。所以，當大家起身往餐廳去時，我就離開了。

其實，我另外有約，而這是很巧合的一件事情。

出國十多年未歸的曼萍，最近回來了。她待在台北兩週，問我有沒有什麼機會見面。我乾脆就安排在這次探病之後。

我去當兵時，仍然與曼萍繼續寫信，後來email出現，聯絡更加方便。所以，我始終知道她的狀況。她在那年出國，遊歷一陣子後，在東岸定居，打工並唸語言學校。後來她認識一位同樣出身台灣的美籍華人，兩人結婚後，入籍美國，從此在那裡生活，十幾年來第一次回來。我對這樣的發展並不感到意外，她一直是期望到處飛翔的人。

當我知道我們兩個有機會見面時，心中是翻攪不安的。不過，十多年過去，我們都各自有了家庭，有新的重心，也應該要能夠平靜的重新審視並面對我們之間的關係。所以，我跟她說，中午可以一起吃飯，我會開車過去接她。

我在約好地點停好車，在路口等她。十分鐘後她準時出現。曼萍還是牛仔褲T恤，遠遠的揮手，靠近時三步併兩步跳著走。她還是擁有當年的青春俏皮，還是很迷人。

「哈囉。」她說，第二個字音拉得長長的。

「妳都沒變耶。」我開心的看著她說。

「都變老了啦。都是皺紋。」她用手指著她的眼尾，嘟著嘴說。

「哪有，要用放大鏡才找得到。真不公平，漂亮的人還是漂亮。」

「呵呵，你，太會說話囉。」她顯然很高興。

我們一起上了車，說好到淡水的一家餐廳吃飯。在車上我們交換彼此的現狀，雖然之前有email，但都很簡短。現在見面了，可以說得更清楚。曼萍生了兩個兒子，現在也是專職主婦。住在離紐約一個半小時的小鎮上，先生是律師，處理的法律案件也都是華人相關。生活圈很小，很單純。

我們在餐廳吃飯時，我問她：「妳喜歡現在的生活嗎？」

「我很喜歡現在的生活啊，應該也不會再回台灣了。」

「感覺上國外的生活蠻適合妳的。」我說。

「你這麼覺得啊？」

「是啊。如果我們當年在一起的話，妳可能還是會要求要出國的。」

「是嗎，說不定我就願意安心地跟你待在台灣喔。」她加上甜甜的表情。

「不會的，除非我把妳的翅膀剪斷。」聽我這樣回答，曼萍笑了起來。

「所以，你喜歡留在台灣。」她說。

「是啊，而且我也不希望離開我的父母太遠，台中台北的距離還可以。」

「你很貼心，會照顧人。」她說。

「妳的爸爸媽媽呢？還好嗎？」我接著問。

「我爸在我出國沒幾年就過世了，我有回來奔喪，但沒跟你說。我媽現在跟著我哥生活在一起，最近身體不好，這趟回來也是要看看她。」

「我還記得妳媽，非常慈祥和藹的一個人。」

「她也還記得你喔。跟我的先生相比，她可能對你的印象還比較深一點。」

「這樣比不公平。妳先生一直在國外，我則曾經陪妳媽去參加過她愛女的畢業典禮。」

「你都還記得。」

「我記得的可多著哩，跟妳一起的那些時光是我人生最美好的回憶。」

聽我這樣說，曼萍沒講話，只是柔情的看著我。也許她想說些什麼，但歲月走過，流逝，也不允許回頭了，再多說些什麼也不會有任何改變。

「我們待會兒要去哪？」她問我。

「我們去淡海好了，妳還記不記得那個地方？」

「當然記得，好啊，回去看看。」

所以吃完飯，我們就開車往淡海過去。我在淡海漁人碼頭的停車場停了車，然後帶著曼萍往河堤棧道的方向走過去。

「當年我們去的海水浴場已經關掉了，這邊變化很大。」我說。

「是喔，現在變成怎樣？」

「新建了漁人碼頭，變得很漂亮，這裡成為熱門景點。今年剛好有一座跨港的情人橋建好，我也還沒去過，我們去看看。」

我和曼萍走往河邊，走上河堤棧道，遠遠的看到了情人橋。

「這裡很漂亮耶。」曼萍說。

「是啊，天高地闊，一邊河口，一邊海港，風吹進來，兩邊波浪倒退走，我們好像在船上往前進喔。」

「對耶，你說的沒錯。」

我們繼續往前走，散步到情人橋，直接走上去。四月的天空都是烏雲，看起來陰陰的，海風吹過來顯得有點冷。也許是這個因素，走上橋的人並不多。我們來到橋的正中間，探頭出去，剛好看到一艘漁船從我們腳下穿過，正要出港。兩雙眼睛目送它一陣子，直到它出海。遼闊的海和海面上來的風，讓我們逐漸覺得冷了。

「那海水浴場就這樣不見啦？」曼萍問。

「沒有，海水浴場已經結束營業，但沙灘還在。」我把右手往遠方一指，說：「在那一邊。」曼萍順著我的手看向那裏。

「那時候真是瘋狂喔，十一月的冷天，站在那裏吹海風。」她說。

「就是因為瘋狂，我們才會永遠記得我們的年輕模樣。」我繼續說：「我都還有印象妳躲在我懷裡的樣子。看起來像一隻可愛的小動物。」

曼萍沒回話，轉身過來看著我，半眯著眼，又露出當年那種令人難以拒絕的迷人笑容：「你還記的那麼清楚。」

「我記得的可多著咧，我還記得妳喜歡什麼？」

「我喜歡什麼？」

聽到她這樣問，我伸手過去把她抱到自己懷裡，然後在她額頭上輕輕的吻了一下。

「妳喜歡抱抱。」

曼萍沒有抗拒，只是輕微的哦了一聲，彷彿同意似的，就閉起眼來，深深吸口氣。當年在沙灘上擁抱的兩個年輕人回來了。

真的是回來了，或至少沒被歲月帶走，我們對彼此的感情。

我們靜默地複習著當年的溫存。那些被凍結在年輕歲月的美好。回憶一點一滴地回來。過一陣子後，曼萍才睜開眼睛。

「那是我們的年輕時候。」她說。

「很令人想念吧。但是一去不復返了。」我說。

我們在回憶中繼續站了一會兒，曼萍才又開口。

「待會兒我們還要去哪裡嗎？」

「妳有想要去什麼地方看看？」我問。

「我的同學建議我去陽明山走走，她說陽明山變漂亮了。」

曼萍停頓一下才繼續說：「我同學是建議我去洗溫泉。她們家好像有投資一家溫泉山莊，她送了我一些試用券。」說完，她從皮包裡拿出一些券來。我看一下山莊的名字，馬上知道是哪裡，因為我和靜子曾經去過。它最有名的是半露天的個人湯屋。

「這個地方我知道，溫泉品質很不錯。」我說。我的心裡突然有種異樣的感覺，好像這些試用卷帶來某種可能。至於可能是什麼，我不是很確定。

曼萍還是一樣迷人。但更重要的是，我覺得她仍是當年的曼萍，那個只要我溫柔婉言，什麼都願意跟著我的曼萍。而她兩天後就要回美國，靜子沒有機會知道，這輩子我們說不定沒有機會再見面。而且去陽明山，也不一定要去洗溫泉。即使去洗溫泉，我應該也能控制自己的感情。但是，我真能夠控制好自己的感情嗎？

「我們要去陽明山嗎？」曼萍問。

我突然想起佩珊，她一直是個很聰明的女生，她最瞭解我。如果她在，一定能跟我清楚說那條感情的界線在哪裡，我該怎麼做。而我的一生中，她的影響從來沒有消失。現在我需要她了，她在哪裡呢。我們該不該去陽明山？該不該趁這難得的機會一起去洗溫泉？我在心裡呼喚佩珊。

「要去嗎？」曼萍再問了我一遍，還是那雙令我難以抗拒的純情眼睛。

我，該怎麼回答？

後記之一

我一直覺得能在一九八零年代唸大學，並在大學裡談戀愛，是很幸福的一件事。在那個沒有網路和智慧手機，所有的溝通必須仰賴書信和公共電話的時代，才能享受因為距離和非即時所產生的許多幽微感情。有一次，我因意外之事而無法赴約，趕緊寫一封限時信去跟一個女生取消見面。不知何故，信件延誤了。後來那個女生跟我說，因為等不到我出現而掉了眼淚，我因此而得知自己在她心中的重量。這種事在現在這個社會已經不再有了。

我還是喜歡寫信去表達情意，女生會把信好好收藏以做為愛的證明的美好年代。

我在大學時代因為跳土風舞而認識一堆好朋友，即使三十多年後仍然有聯絡。我們年輕時跳舞是非常熱情的，到眼下這個年紀只剩嘴上說說熱情而已，但是我們的情誼經過歲月的淬鍊變得堅實。我們在一起時聽到熟悉的音樂，會想起過去跳的舞，想起為了學舞的努力付出，想起為了努力付出而跟舞伴交纏的感性情懷。那些情懷有些往前進一步成為愛情，有些退回去只是友情，有些則一直在擺盪。那些感情和那些日子是很棒的，就像Mary Hopkin的這首老歌Those Were The Days一樣，值得用一生來懷念。

Those were the days my friend
We thought they'd never end
We'd sing and dance forever and a day
We'd live the life we choose
We'd fight and never lose
Those were the days, oh yes those were the days
La la la la la la la la la la la……

後記之二

這是一個完整的寫作計畫，人生愛戀三部曲。描寫人生裡三個不同階段的愛情樣貌。學生時期的戀愛《站起來跳舞》，職場初期的愛情《雨中的月亮》和十幾年後的婚外情《蒼白的臉》。只是我在書寫時，倒過來寫，先寫了最後一部曲。原因是，由近而遠，我比較有把握。結果，一年一部小說的速度，我終究是完成了三部曲。

這其實是三個不相關的故事，所以分開來讀，完全沒有問題。但如果按照順序，讀者應該更能夠體會漫漫人生中的微妙變化。

這三年來，我在腦海中，各式的故事與人物交纏。也許有人會說我艷福不淺，但是實情是，我因此而困苦不堪。這過程劇烈地影響了我的生活，我好像陷落在感情的桎梏中，怎麼也走不出來。我有時甚至會對著白螢幕上的小黑字流眼淚。這是寫作過程中，實境擬真之必要。所以，這真是自求自囚的一場折磨。

還好，我終於完成。然後，把這三本書送給讀者，而我該離開這些紛紛擾擾，該送自己一場長假。

腸枯思竭時，我就會去旅遊，在孤獨行腳中尋找靈感。也許讀者下次再看到我時，是在某一片不知名的海灘上，或者是國外的驛站裡。總之，將會是另一場完全不同的感情遭遇的開始。我們下次見！

釀小說126　PG2752

站起來跳舞

作　　者	葉天祥
責任編輯	喬齊安
圖文排版	陳彥妏
封面設計	劉肇昇

出版策劃	釀出版
製作發行	秀威資訊科技股份有限公司 114 台北市內湖區瑞光路76巷65號1樓 電話：+886-2-2796-3638　傳真：+886-2-2796-1377 服務信箱：service@showwe.com.tw http://www.showwe.com.tw
郵政劃撥	19563868　戶名：秀威資訊科技股份有限公司
展售門市	國家書店【松江門市】 104 台北市中山區松江路209號1樓 電話：+886-2-2518-0207　傳真：+886-2-2518-0778
網路訂購	秀威網路書店：https://store.showwe.tw 國家網路書店：https://www.govbooks.com.tw
法律顧問	毛國樑　律師
總 經 銷	聯合發行股份有限公司 231新北市新店區寶橋路235巷6弄6號4F 電話：+886-2-2917-8022　傳真：+886-2-2915-6275

出版日期	2022年8月　BOD一版
定　　價	280元

讀者回函卡

Printed in Taiwan

國家圖書館出版品預行編目

站起來跳舞/葉天祥著. -- 一版. -- 臺北市 :
醸出版, 2022.08
面 ;　公分. -- (醸小說 ; 126)
BOD版
ISBN 978-986-445-708-3(平裝)

863.57　　111011238